시간을
마시는 —— 보이차

©이종근

주은재

월하보이 대표. 가족의 헤리티지로 보이차와 골동 다구 등을 오랫동안 수집해왔다. 시간을 들여 소장한 차와 기물의 가치를 알아봐 주고 더 아껴줄 수 있는 인연을 찾아 이어주고 싶다는 바람으로 월하보이를 열었다. 북촌에 자리 잡은 이곳은 보이차 전문 티룸으로 보이차, 다구 그리고 골동, 고미술품을 소개하고 있다.

@whtea_seoul

시간을 마시는 —— 보이차

북촌 다실 월하보이의 차생활 이야기

주은재 지음

SIGONGSA

다섯 살의 차 애호가

기분 좋은 햇살이 내리쬐는 오전 11시 무렵 북촌의
비스듬히 경사진 곳에 자리한 다실의 문을 연다.
청소를 하며 손님 맞을 준비로 분주한 이 시간의
마무리에는 언제나 향이 있다. 밤새 고여 있던 공기를
움직이고, 나쁜 기운을 사라지게 하는 공간 정화
의식. 향 한 대가 다 타는 동안 나 역시 점점 맑아지는
느낌이다. 모든 준비가 끝나고 나면 다실에서 하루
동안 수고할 나에게 먼저 첫 번째 차를 대접한다.
계절에 따라 다양한 차를 고르긴 하지만 묵직하고
편안한 계열의 보이생차에 자주 손이 간다.

그러고 보면 나는 매우 어렸을 적부터 차와
함께해왔다. 인사동 앞, 운현궁 옆 교동초등학교를
다녔던 때에는 한 학년에 반이 2개뿐. 그 시절의 나는
학교가 끝나면 인사동을 가로질러 부모님의 한옥
박물관으로 또는 가게로 갔는데 그때마다 아버지
어머니가 항상 물을 끓여 차를 내려주시곤 했다.
하교 후 롤러블레이드를 타고 인사동을 활보하던
어린 나는 고미술과 시간의 흐름에 가치가 더해지는
것을 늘 곁에 두고 생활했다. 차는 그중 하나로 지금
나에게는 없어서는 안 되는 삶의 일부다.

언제 처음 마시게 되었는지는 뚜렷하게 기억나지 않지만 차를 가까이하시던 부모님의 영향으로 아마 다섯 살 즈음부터 차생활을 시작했던 것 같다. 부모님과 함께 우리나라와 중국을 왔다 갔다 하며 지내던 그 시절 중국 베이징의 골동 시장인 판자위엔의 과일 트럭에서 파는 파인애플을 먹다가 젖니가 빠지기도 했다.

열다섯 살이 되었을 때, 캐나다 밴쿠버로 유학을 가며 차와 새로운 인연을 맺게 되었다. 나는 행복한 유학생이었는데, 어머니와 동생이 함께 있었고 아버지도 자주 방문했던 터라 서울에서의 생활을 모두 옮겨 갔다고 해도 과언이 아니었다. 그런 일상 속에 부모님을 따라 차이나타운을 돌아다니며 새로운 차를 찾아보거나 자주 마시는 차를 사기도 했다. 그러다 10년 이상 일해온 직원이 대부분인 정감 있는 단골 티하우스가 여럿 생겼고, 그곳에서 오랜 차생활로 인자한 미소가 깊어진 다부지고 담백한 팽주(烹主)의 모습에 또 그들의 광이 나는 피부에 다시 한번 '차가 좋구나' 하고 느끼기도 했다.

한국인인 나와 타이완에서 온 그들이 영어를 쓰는 나라에서 만나 차를 사이에 두고 여러 언어로 차에 대한 대화를 주고받았다. 나에게는 모두가 차 선생님이자 친구였다. 내려주는 차의 맛과 향에 집중하며 팽주에게 어떻게 차생활을 했는지 질문을 참 많이도 했다. 그날 마신 차에 관해 정말 기초적인 지식부터 이론적인 것까지 하나도 빠짐없이 알고자 질문왕을 자처했던 나는 '너 정말 이것도 몰라?' 하는 그들의 의문 섞인 눈빛에도 불구하고 얼굴에 철판을 깔고 물었다. 그래야 내가 생각하는 것과 다른 답이 나오고 그걸 내가 흡수할 수 있다고 믿었다. 부모님께 그렇게 배워온 나는 같은 질문을 여러 팽주에게 하면 저마다 새로운 방법과 단어로 설명함을 알았고, 나의 차에 대한 빅 데이터에 각기 다른 답이 저장될 수 있었다.

유년 시절부터 이어온 차와의 인연은 북촌에 우리 가족의 다실이자 차를 사랑하는 모두를 위한 다실인 월하보이를 열게 된 바탕이다. 나는 이곳에서 오랫동안 애정을 가지고 배우고 모아온 차와 관련한 컬렉션을 소개하며 차를 처음 접하거나 꾸준히 차생활을 하고 있는 손님들에게 알맞은 차와 다구를 추천하고 있다. 여기에 차 수업과 계절에 맞춘 다회(茶會)까지 진행하며 우리가 어떻게 더 차를 맛있게 마시고 여러 차를 알아갈 수 있는지 탐구한다.

차를 마시며 하는 대화와 커피를 마시며 하는 대화가 다르다고 한다. 따스한 찻잔을 손에 쥐면 마음이 차분해지고, 순수하게 고맙고 사랑하는 마음이 깃든다. 사람들은 좋아하는 것과 총애하는 것이 제각각이다. 서로의 기호가 다르더라도 모든 이가 바쁜 일상에서 차를 마시는 시간, 하루에 30분 정도를 자신에게 사용해 평소 느끼지 못했던 감각을 깨울 수 있길 바란다. 내가 차를 좇는 게 아닌 나의 생활에 차가 들어오는 삶의 여유다.

목차

3 —— 다구를 꺼내다

4 —— 찻자리를 차리다

5 ___ 다실을 열다

부록

1

차를 고르다

가장 좋아하는 차는 뭐예요?

월하보이 손님들이 나에게 가장 많이 하는 질문은 제일 좋아하는 차가 무엇인지다. 그럼 "사계절 보이차를 즐겨 마십니다"라고 답한다. 차는 나의 건강뿐만 아니라 컨디션, 기분, 날씨와 계절에 따라 다르게 내려 마시는 기호품이기에 무엇이 더 좋고 나쁘다고 할 수 없는 보물이지만 그중에서도 보이차는 나에게 으뜸이다. 보이차는 1년 내내 내 곁을 떠나지 않는 나의 단짝인데 아침에 일어나 빈속에 모닝 티로 마시고, 자기 전까지 일과 시간에 구애받지 않고 아무 때나 마신다. 다만 보이차의 종류는 다르다. 피로한 오후에 혹은 기름진 음식을 먹고 나서, 또 하루를 시작할 때에는 보이생차다. 그리고 손발이 차고 몸이 으슬으슬하거나 자기 전 또는 스트레스받았을 때, 소화가 잘 안 될 때는 보이숙차를 찾는다. 하지만 한 가지 차만 마시기엔 인생이 너무 짧다. 내게 보이차가 일상을 함께하는 차라면 때에 따라 골라 마시는 6대 다류 중 다른 차는 일종의 기분 전환을 위한 차다. 6대 다류는 탕색과 발효도에 따라 차를 6가지로 나눈 것으로 녹차, 백차, 황차, 청차, 홍차, 흑차가 있다.

불발효차로 싱그럽고 푸릇해 사랑스러운 **녹차**
약발효차로 은은하게 풍기는 향과 우아한 매력이 있는 **백차**
약발효차로 부드럽고 달달한 **황차**
반발효차로 300개가 넘는 종류가 있는 만큼 청량하거나 달큼한 차부터
묵직하고 보디감이 좋은 차까지 다양한 매력의 **청차**
완전발효차로 붉고 상큼하며 과일 향이 느껴지는 **홍차**
후발효차로 묵직하고 목 넘김이 부드러우며 단단한 **흑차**

봄·여름에는 주로 녹차나 백차 또는 청차를 즐겨 마시고 가을·겨울 혹은 쌀쌀해지거나 눈이 오고 비가 내릴 때는 청차 중 무이암차나 홍차 그리고 보이차를 자주 찾는다. 이렇게나 많은 종류의 차가 있으며 아직 마셔보지 못한 차도 있다는 사실이 늘 나의 상상력을 자극한다. 더 많은 새로움을 접해보고 싶은, 그런 설렘이 깃드는 것은 차가 유일하다.

건강을 바라는 차생활

나는 몸이 약했다. 중학생일 무렵까지 기립성 저혈압이 있고 여기저기 자주 아픈 까닭에 갑자기 어머니가 학교로 오시는 일이 잦았다. 내 건강을 염려한 부모님은 차를 자주 또 매일 약처럼 내려 주셨는데 신기하게도 차를 마실 때마다 차갑던 손발이 따스해지면서 몸에 기분 좋은 열감이 퍼지는 순간을 자주 경험했다. 일상적으로 마시던 기호음료라고 생각했는데, 그런 차가 허약한 나에게 실질적인 도움을 준다는 사실을 깨달은 날부터 나에게 차생활은 떼어 낼 수 없는 일상이 되었다. 아니, 오히려 나 자체라고 믿게 되었다.

중국 최초의 약물 관련 서적인 〈신농본초경〉에는 차를 약으로 사용했다는 기록이 남아 있다. 또한 춘추전국시대가 배경인 〈안자춘추〉에 사람들이 일상적으로 차를 마셨다고 나올 만큼 차생활의 역사는 상상 이상으로 오래전에 시작되었다. 동한 때의 전설적인 명의인 화타는 〈식론〉에 차의 약효를 기록한 바 있는데, 그는 차를 오래 마시면 건강해진다고 했다. 차는 약용으로 시작되어 일상 음료가 되었다. 건강상의 이점만으로 좁혀 말하기엔 차의 매력이 무궁무진하므로 꼭 약이라고 생각하며 마시기보다는 자신이 좋아하는 차를 마시고 즐기다 보니 자연스럽게 차의 성분이 몸에 흡수되어 건강한 일상을 가꾸는 데 도움이 된다는 관점으로 접근하면 어떨까. 나 역시 계절과 컨디션에 따라 여러 차를 꺼내어 마시는 이유가 건강상의 이점 때문은 아니다. 차를 즐기는 게 늘 먼저다.

손님들이 두 번째로 많이 묻는 질문이 있다면 차가 건강에 어떤 도움을 주는지다. 요즘 보이차라고 하면 다이어트에 좋은 차라는 인식이 강하다. 차의 성분 중 종합 카테킨이 체내 지방 분해에 효과가 있다는 연구 결과가 있는데, 이런 효과가 혈관을 깨끗하게 해줘 혈액순환에 도움이 된다고 알려져 있기 때문이다. 이 밖에도 종합 카테킨은 장운동이 활발해지도록 해 노폐물 배출을 돕는다. 종합 카테킨은 녹차의 카테킨과는 다르며 발효된 차에 들어 있다. 6대 다류 중 가장 많이 발효된 보이차는 종합 카테킨을 풍부하게 함유하고 있어 건강과 미용에 좋은 차라는 인식이 강하다. 다실을 찾는 손님 중 건강상의 이점을 누리고자 하는 분께는 최소 3개월 정도는 꾸준히 매일 차생활을 하면서 몸의 변화를 관찰해보라고 권하기도 한다. 차의 성분으로 몸의 변화를 느끼기 위한 최소의 시간이라고 생각한다.

보이차에는 다이어트를 넘어선 다양한 이점이 있다. 여러 고마운 성분 중에서도 내가 단연코 1등으로 꼽는 것은 폴리페놀이다. 폴리페놀은 항산화 작용 및 활성산소 제거를 도와주는 가장 효과적인 성분으로 암세포 증식을 억제한다는 연구 결과가 많다. 차를 마실 때 살짝 떫은맛을 느끼는 이유도 폴리페놀 때문이다. 또한 테아닌과 가바(GABA)라는 신경전달 물질은 스트레스와 불안감을 낮춰주는데 차를 마시면 마음이 차분해지는 과학적 근거가 여기에 있다. 이러니 차를 마시지 않을 이유가 없다.

손님들 중 동네 어르신들이 다실에 와 공통적으로 하는 말씀은 건강검진을 받아보니 끈적하다고 했던 피가 조금씩 맑아지고 있다며 의사 선생님이 칭찬했다는 거다. 꾸준히 차생활을 하면서 나에게 고맙다고 하는 분들도 있고 삶의 질이 향상되었다는 이야기를 해주기도 한다. 그러면 뿌듯함이 밀려와 더욱 차를 알려야겠다고 마음을 다잡게 된다. 나부터도 변화를 체감하기에 하루라도 책을 읽지 않으면 입 안에 가시가 돋는다는 말처럼, 하루라도 차를 마시지 않으면 정말로 입에 가시가 돋을 것 같은 기분마저 든다.

처음 만나는 보이차

어떤 보이차를 마셔야 할지 처음 차를 접하는 이라면 막막할 수 있다. 또 어디에서 구입해야 좋은 보이차를 만날 수 있을지도 궁금한 노릇이다. 월하보이를 찾는 손님들에게 항상 차는 기호에 따라 취향에 맞게 일상에 들여야 하므로 추천만으로 덜컥 구매하기보다 여러 가지 차를 먼저 시음해본 다음에 자신과 잘 맞는 것을 골라야 한다고 조언한다. 수없이 많은 차 중에서도 내 손이 가는 차는 소수다. 보이차는 시중에 보이는 분말 또는 티백 보이차부터 병차, 전차, 타차, 긴차, 소타차 등 형태와 종류에 따라 가격대가 나뉘고 발효된 기간에 따라서도 차등이 있다. 어느 정도 보장된 품질의 보이차를 구하려면 다실을 방문해 궁금한 점도 물어보고 최대한 많이 마셔보는 편이 좋은데 이렇게 적극적으로 나서기 어렵다면 먼저 소분되어 있는 차를 구매해 시작해보라고 권한다.

보이차뿐만 아니라 모든 차가 어떻게 발효되었는지 또 어디에 우렸는지에 따라 맛은 천차만별이다. 차를 시음하다 보면 누가 차를 내려주느냐에 따라 맛과 향이 다름은 물론, 같은 차일지라도 설명하고 표현하는 방법과 사용하는 용어 등도 다르다. 그러므로 충분히 알아보고, 맛과 향을 느끼며 차에 대한 기호를 탐색해나가야 한다. 이 과정 자체가 자신의 차 취향을 찾아가는 즐거운 여정이기도 하다. 기회가 된다면 다회에 참여하는 것도 여러 가지 차를 한번에 다양하게 접하는 방법이다. 다회에서는 마셔보지 못한 차, 궁금했던 차, 지금 마시는 차를 다른 이들이 어떻게 느끼는지를 관찰하며 단순히 맛을 음미하는 것 이상의 경험을 할 수 있다.

ⓒ이종근

내가 느끼는 이 차 향을 다른 이도 비슷하게 느끼는지, 왜 나는 그 맛을 다른 사람들과 다르게 느끼는지, 그날 마셔보는 차의 맛과 향에 집중해 자주 접하다 보면 차를 보는 눈이 점점 생겨난다.

알코올음료를 제외하고 뭐든 가리지 않고 잘 마시는 나도 손이 더 가는 차는 따로 있다. 혀끝에서 묵직하게 느껴지고 입 안을 뭉글뭉글 돌아다니는 차가 나의 취향에 맞는 차다. 구체적으로는 붉은 팥죽색의 보이차와 잎이 까맣게 윤나는 우롱차 중 무이암차다. 어두운 탕색의 보이차는 부드러운 목 넘김과 묵직한 무게감, 질감이 매력적인데 맑으면서도 짙은 찻물을 바라보는 것만으로도 들뜬 마음이 차분해지곤 한다. 이런 탕색이 나는 또 다른 차인 무이암차는 바위틈, 절벽 틈에서 자란 차나무에서 채엽한 좋은 차에서 느낄 수 있는 기운인 암운(岩韻)이 있다. 이는 바위에 핀 꽃의 향이라는 뜻의 암골화향(岩骨花香)으로 묵직한 꽃 향이 마실 때는 말할 것도 없고 마시고 난 후의 잔향 역시 오랫동안 퍼진다. 긴 여운을 남기는 차는 사람마다 다른 취향을 만족시킬 만큼 다채롭다. 그 속에서 자신만의 차를 찾는 것이 중요하다. 그래야 차를 많이 접하면 접할수록 또렷해지는 취향과 함께 오랫동안 차생활을 이어갈 수 있다.

윈난성에서 자란 차나무

보이차는 중국 정부에서 관리하고 있는 차로 3가지 조건을 충족해야 한다. 첫째, 중국 윈난이라는 지역에서 생산하고, 둘째, 찻잎이 다 자라면 손바닥을 가릴 만큼 커지는 키가 큰 교목 차나무인 대엽종에서 채엽하며, 셋째, 햇빛 건조인 쇄청을 한 것을 보이차라고 부를 수 있게 정의해두었다. 그러므로 윈난이라는 지역의 경계를 한 발자국이라도 나가면 그 차는 보이차가 아니다. 다른 지역에서 나는 찻잎으로 보이차와 같은 방식으로 만들지라도 발효차 또는 흑차가 될 뿐 보이차가 되지 못한다.

보이차를 만드는 찻잎을 채취하고 차를 만드는 윈난성은 얼마나 넓을까? 윈난(雲南)은 구름의 남쪽이라는 뜻의 이름이 붙은 지역으로 정확히 중국의 가장 서쪽, 서남쪽 끝에 자리한다. 윈난성에서 나오는 차는 같은 지역 안에서도 맛과 향이 다르다. 어떻게 그럴 수 있느냐면 윈난성의 크기가 한반도의 약 2배이며, 대한민국 크기의 4배에 달하기 때문이다. 우리나라에서도 하동과 보성, 제주 녹차의 맛과 향이 다르고 매력이 다르듯이 또 경기도 이천 쌀과 강화 쌀이 밥맛의 차이가 있는 것처럼 윈난성에서 자라는 차나무에서 채엽해 만든 보이차도 어느 지역의 잎이며 산지는 어디인지에 따라 맛이 확연하게 다름을 느낄 수 있다. 그렇다 보니 지역마다 또는 차나무의 나이에 따라 맛과 향을 찾아가는 차 애호가도 있다. 보이차를 비교해 시음할 때는 보이생차와 보이숙차로 나눠서, 같은 윈난성 안에서도 다른 지역 것들을 마시며 차이점을 느껴본다. 혹은 같은 지역의 차일지라도 크게는 후발효 기간을 5년 혹은

10년 단위로 나눠 연도별 차를 시음해보기도 하고 교목 차나무 중 수령이 100년 이상 된 것에서 채취한 잎으로 만든 고수차나 수령이 많지 않은 나무의 소수차 등 차나무의 수령에 따라서 비교해보기도 한다. 고수차의 경우 보통 먼저 찻잎을 만져보고 무게를 가늠한다. 찻잎의 두께와 차를 마신 후 입 안에 남는 맛과 향, 공도배(숙우) 또는 잔에 남는 잔향으로 비교한다. 생장지의 특징에 따라서 차맛이 달라지는 만큼 계단식으로 밀집해 재배하는 차나무의 잎으로 만든 대지차와 산중턱 이상에서 자란 차나무의 생태차로 나누어 비교하기도 한다.

나는 항상 차를 마시고 나서 찻잎을 펼쳐 살펴보고, 손가락으로 살살 만져보고 눌러본다. 무게감이 있으면서도 짓눌리지 않는 찻잎을 만지며 내가 마시는 보이차의 산지와 수령에 따라 달라지는 맛과 향을 감상하는 것도 보이차를 마시는 하나의 즐거움이다.

왼쪽은 2005년 보이차 생차 노반장의 엽저로
맨질맨질 윤이 난다. 발효도가 올라가면 초록
잎에서 어두운 빛을 띠는 것을 볼 수 있다.

오른쪽은 1970년 보이차 생차 고수차의
엽저로 어두운 흑갈색이다. 50년 이상 지난
고수차의 잎은 거칠고 돌기가 있다.

푸릇푸릇한 보이생차

기름진 음식을 먹었거나 평소보다 과식해 속이 더부룩한 날, 어딘가 꽉 막힌 느낌이 들 때 나는 어김없이 보이생차를 꺼낸다. 생차의 살짝 쌉싸름하고 떫은맛이 어딘가 청량하다고 여기기에 아침 식사나 점심을 간단히 마친 다음에도 가장 먼저 찾는다.

아기가 걷기 시작하면 이리 튀고 저리 튀고 어디로 갈지 모른다. 아이를 보호하고자 소리가 나는 삑삑이 신발을 신기기도 하며, 때로는 위험한 상황을 일깨워주기 위해 부모님이 야단치기도 한다. 보이차도 마찬가지로 나이가 어린 생차를 마시면 이리저리 통통 튄다는 느낌이 든다. 어릴수록 청량하고 푸릇푸릇하며 쓰고 떫어 자신만의 성격을 강하게 표현하는 그런 개성 있는 차다. 사람은 나이가 들수록 유해지면서 너그러움을 갖추는데 보이차 역시 발효되면 될수록 점점 부드럽고 묵직해진다. 보통 보이차라고 하면 부드러운 차를 떠올리기 마련이지만, 후발효되기 전 싱그러운 기운이 넘실거리는 생차 역시 또렷한 매력이 있다.

보이차는 크게 보이생차와 보이숙차로 나눈다. 윈난에서 채엽한 보이차를 만드는 햇볕에 말린 찻잎인 쇄청모차를 눌러 딱딱한 형태의 긴압차로 만들거나, 찻잎이 흩어지는 산차로 제다를 하면 보이생차가 된다. 이 생차가 30년 이상 자연적으로 후발효되면 노차(老茶)라고 부른다. 그러나 생차가 노차가 되려면 오랜 시간이 걸리므로 이 같은 후발효 시간을 줄여 노차의 맛과 향을 빠르게 즐기고자 인공 쾌속 발효차인 보이숙차를 만든다. 숙차는 쇄청모차를 겹겹이 쌓는 등 물리적인 방식으로 미생물이 차를 발효시키도록 하는데, 보통 40~60일이 걸린다.

물을 끓이고 다구를 예열한다. 다구 채비와 함께 나도 차를 마실 준비를 한다. 자연 발효차인 생차는 생산 연도와 산지에 따라 맛과 향, 카페인 함유량이 다르다. 내가 즐겨 마시는 보이생차 2005년 무량산은 묵직하고, 목 넘김이 뭉글뭉글하며 맑은 붉은빛을 띠는데, 기름진 고기를 먹고 난 후에 즐겨 마신다. 보이생차 2006년 이무정산은 청량한 맛과 기운이 있어 서류 작업을 하거나 책을 읽을 때, 집중력을 끌어올려야 하는 날이면 어김없이 내 옆에 김을 폴폴 내며 있다.

요가 후 보이숙차

베트남 다낭으로 요가 여행을 떠난 적이 있다. 하늘하늘 불어오는 바닷바람을 피부로 느끼며 저녁에 선셋요가를 하니 몸과 마음에 깊은 이완이 찾아왔다. 그렇게 요가가 끝나고 숙소로 돌아왔는데, 같은 방에 배정된 룸메이트는 실상 그날 처음 만나 통성명도 하지 못한 상태로 서로가 같은 방을 3일간 쓸 거라는 것만 알고 있었다. 나는 어색한 분위기 속에서 "보이차 드시고 주무실래요?"라고 물었고, 그러자며 고개를 끄덕인 다낭 룸메이트와 요가 수련 후 차담을 가지게 되었다.

나는 이 여행에 여러 다구를 가져가고 싶었지만, 3박 4일 일정에 아무래도 번거로우니 간편하게 마시기 위해 차를 우리고 담아두기 편리한 거름망이 든 주전자 형태의 표일배 하나와 보이숙차 2007년 맹해차창을 소분해 5g씩 7봉지를 챙겼다. 보이숙차 2007년 맹해차창은 다른 숙차에 비해 비교적 가벼우면서 과일 향이 맴도는 듯한 특징이 있어 더운 날씨에 마시기 알맞다. 물을 끓이고 리조트에 준비되어 있는 커피잔을 예열하고 찻잎을 표일배에 넣으니 룸메이트가 잔도 예열하는 거냐고 물었다. 이렇게 우리는 궁금한 것들을 하나씩 물으며 소소한 대화를 이어나갔고, 그녀가 수원에서 온 그림 작가라는 사실도 알게 되었다. 보이숙차를 우려 한 모금 한 모금씩 마시며 차에 대한 감상을 나누던 마음까지 편안한 시간. 맑으면서 붉은 탕색을 띠는 부드러운 숙차의 매력에 한 번 더 빠지게 되었다. 이국의 땅에서 만난 낯선 타인은 어느새 차라는 매개체를 통해 가까워졌고, 우리는 함께 요가를 하고 거의 밤을 지

새울 만큼 오랫동안 이야기를 나눴다. 차는 언제나 사람들과의 거리를 한 걸음 더 가깝게 만들어준다.

잘 묵힌 숙차를 마시면 단전과 척추에서부터 열감이 느껴지는데 특히 10년 이상 된 숙차는 운동 후에 마시기 알맞은 차로 추천한다. 우리 아버지 역시 겨울 골프를 치러 갈 때에는 항상 보온병에 숙차를 담아서 가신다. 그럼 핫팩 없이도 18홀을 돌 수 있다고 하실 정도로 손과 발을 따뜻하게 해주는 차다. 나 역시 요가를 마친 후에는 언제나 숙차를 마시며 운동 후 적당히 피로한 몸에 차의 따스한 기운을 불어넣고 있다. 보통 아침에 일어나 식사를 하기 전에 마셔도 좋고, 후발효된 차라서 카페인이 적기에 퇴근 후 휴식을 위한 차로 마시기에도 좋다.

할아버지가 만들어 손자가 마시는 노차

느지막한 오후, 빛이 깊게 들어오는 시간에는 1990년대 중기 홍인 노차가 손에 잡힌다. 흔히 보이차는 할아버지가 만들어 손자가 마신다고 하는데 그 정도로 오랜 세월이 지나야 빛나는 차다. 시간을 마신다는 건 정말 대단한 일이다. 화창한 날에도, 비바람 부는 날에도 보이차는 항상 그 자리에서 시간의 흐름에 따라 스스로 발효한다. 나이 많은 보이차, 오랫동안 후발효된 보이차를 왜 최고의 보이차라고 이야기할까? 대부분의 사람이 나이가 들수록 유해지며 아량이 넓어지는 것처럼 보이차 역시 나이가 들수록 생차의 푸릇한 탕색은 붉게 변하고, 부드러운 질감과 묵직한 맛과 향이 난다. 노차의 매력에 빠진다면 시간을 마신다는 의미를 알 수 있을 것이다.

보이차는 세월이 흐를수록 점점 더 귀해지며 요즘에는 30~50년이 지나면 골동보이차라고 부르는데 그 가치는 경매로 값을 매길 정도다. 1920년대에 생산된 송빙호가 경매에서 20억 원이 훌쩍 넘는 가격에 거래되기도 했다. 경매에 나가는 차는 주로 1960년대 이전 호급차, 1950년대부터 1970년대까지의 인급차, 1972년부터는 숫자급 차로 이 모두는 연도에 따른 분류다. 또한 차 포장 상태가 매우 중요해 먼저 7편을 쌓아둔 대나무 껍질로 만든 통이 열려 있지 않은 것, 그다음 차 1편을 감싼 종이가 훼손되지 않고 잘 보존되어 있으면서 내비라고 부르는 차 이력이 적힌 종이가 온전한 것이어야 한다. 내비는 와인의 라벨과 같다고 보면 이해가 쉽다.

다실에 오는 손님들 중 온 가족이 함께 차 수업에 참여하고 때때로 다회를 갖는 경우가 있다. 어린 자녀가 있으면 아이의 출생연도와 같은 해에 생산된 보이차를 구매해 나중을 위한 선물로 간직하곤 한다. 이 차가 나이를 먹고 발효되는 동안 아이 역시 자라 성인이 된다. 어른이 된 자녀의 특별한 날, 의미 있는 선물로 어렸을 때부터 묵혀둔 노차를 꺼내 함께 마신다면 특별한 축하를 건넬 수 있기 때문이다.

하루를 마무리하며 다실에 앉아 노차를 마신다. 어렸을 때 맛보았던 이제는 골동보이차라고 부르는 호급차와 인급차를 당시에는 귀한 줄 모르고 마시곤 했다. 그때의 기억을 되살려보면 이 노차가 처음에는 쓰고 떫은맛이 나는 금빛의 차였는데 온습도가 적절한 좋은 공간에서 오랜 시간 후발효가 되었다는 이유로 이렇게 맛이 부드러워지고, 탕색이 검붉은 빛으로 변화했다는 사실에 감탄하곤 한다. 한 번씩 1950년대 소황인 노차를 나에게 주는 선물같이 마시곤 한다. 이런 노차도 손님에게 내어드릴 때가 있는데 시간의 흐름에 따라 특별하게 변한 차를 접한 깊은 감탄이 되돌아온다. 나이 많은 보이차를 마시기 위해선 인내가 필요하다. 5년, 10년, 15년… 30년, 40년을 기다린 후 만나는 노차는 시간의 맛을 알려준다.

子餅茶
BEENG CHA
YUNNAN
茶
中國土產畜產
CHINA NATIONAL NATIVE PRODUCE &

차마고도의 칠자병차

KBS 명작 다큐 〈차마고도〉. 차를 처음 접하는 이라도 시간 가는 줄 모르고 볼 만한 다큐멘터리로 중국 윈난성에서 티베트 라싸까지 이어지는 교역로인 차마고도(茶馬古道)를 담는다. 그 길의 역사부터 오늘날 우리에게 기호식품인 차가 어떻게 그들에게는 생활의 일부가 되었는지 알려준다. 새와 쥐만이 다닐 수 있는 길이라는 뜻의 '조로서도(鳥路鼠道)'라는 별칭이 붙은 그 좁고 가파른 길을 따라나선 마방들의 여정을 총 6부작으로 보다 보면 가슴이 벅차오를 정도다. 마치 차마고도의 마방들 사이에서 함께하는 기분이랄까. 수행하고 도를 닦는 듯한 그들의 모습이 주는 여운 때문인지 내 앞에 놓인 차에 감사함을 느낀다. 나는 때때로 차를 마시며 〈차마고도〉 다큐를 한편에 틀어두고 라디오처럼 듣기도 한다.

보이차는 찻잎에 열을 가한 후 납작한 덩어리로 만들어 보관하는데 둥그렇고 납작한 병차, 벽돌처럼 생긴 직사각형의 전차, 정사각형의 방차, 손잡이가 달려 있는 듯한 버섯 형태의 긴차, 반구형의 타차 등을 쉽게 접할 수 있다.

차마고도를 건너며 차를 편하게 운송하고자 대나무 통 안에 원형의 병차를 7편씩 넣었는데, 이를 칠자병차라고 한다. 병차 1편의 무게는 기본적으로 357g이지만 가끔 200g 또는 그보다 더 작은 단위의 것도 찾아볼 수 있다. 보이차 병차는 7편을 대나무 잎으로 잘 포장한 것이 1통이 된다. 그리고 6통이 모이면 1건이라고 칭한다. 1건은 7편의 차가 6통 있기에 차의 총개수는 42편이다. 옛날에는 12통을 묶어 1지 또는 1건이라고 표현했고 이를 대건이라고도 했다.

포장 방식에 따라서 부르는 이름이 다양해 다소 복잡해 보이지만, 보이차는 모양이 아닌 차나무의 생장 지역과 산지, 생산 연도 그리고 어떻게 후발효를 시켰는지에 따라 맛이 달라진다. 어떤 모양이 더 좋고 나쁘다기보다 원형의 원차 또는 병차가 첫 모양이라고 알고 있으면 좋을 것이다.

보이차칼 사용하기

찻잎을 모양대로 압력을 주어 뭉쳐둔 보이차는 떡처럼 생겨 병차, 떡차 또는 영어로 케이크(Cake)라고도 한다. 이처럼 긴압 과정을 거친 차는 손으로 힘을 주어 자르기에 매우 딱딱하다. 그때 사용하는 도구가 보이차칼인데 송곳 혹은 종이봉투를 열 때 사용하는 레터나이프처럼 생겼거나 또는 다마스쿠스 패턴이라고 부르는 물결무늬가 특징인 차칼도 있다.

보이차칼의 용도는 단순한 차 소분에 있지 않다. 실상 차를 최상으로 우리기 위한 준비에 가깝다. 찻잎을 뭉쳐 눌러놓은 상태에서 손으로 부수면 잎의 크기와 형태가 고르지 못해 균일한 차 맛을 내기 어렵고 그때 나오는 가루로 인해 탕색이 탁해지는 데다 맛 또한 들쑥날쑥해진다. 그렇기에 차칼로 최대한 찻잎을 다치지 않게 고르게 풀어내야 좋은 차 맛을 볼 수 있다. 차를 준비하는 과정에는 하나하나 정성이 담긴다.

차칼은 손이 베이지 않게 칼날이 날카롭지 않지만 유독 단단한 긴압차를 해괴(단단한 찻잎을 해체, 풀어내는 것)할 때는 차칼이 차 위에서 미끄러지는 경우가 종종 있어 손이 찔릴 위험이 있다. 동그랗고 납작한 병차는 눕혀둔 상태로 안에서 밖으로, 고수차이거나 긴압이 약한 차는 밖에서 안으로 해괴하길 추천한다. 벽돌모양을 한 전차는 안전하게 긴 쪽을 가로로 세워둔 상태에서 윗면에 차칼을 두고 아래로 찔러 차의 결대로 해괴하면 고르게 소분된다. 타차 또는 긴차처럼 둥글고 균형 잡기 힘든 차일수록 단단히 잡고 해괴를 해야 다치지 않는다.

차칼이 없다면 깨끗한 송곳 또는 빵에 버터나 잼을 발라 먹을 때 사용하는 버터나이프도 괜찮다. 가끔 손님들 중 칼은 위험하다고 느껴 빵칼을 이용하는 경우가 있는데, 차에 가루가 생기기 쉬운 도구여서 추천하지 않는다. 포크도 사용할 수 있으나 날이 한쪽으로 휘어져 있어 위에서 찌르는 힘을 받기 힘들다. 차를 해괴할 때 긴압한 찻잎이 단단하거나 손에 땀이 잘 나는 편이라면 라텍스 장갑을 끼는 것도 좋다. 한 가지 팁을 더하자면 보이차는 긴압한 모양의 어느 부분인지에 따라 발효되는 속도가 다르다. 병차에는 정중앙에 움푹 파인 배꼽이라고 부르는 부분이 있는데, 긴압도가 가장 높아 발효가 더디다. 반면에 원의 가장자리는 발효 속도가 빠르다. 따라서 차를 골고루 해괴해 안과 바깥 부분을 잘 섞어두면 각기 다른 발효도의 차를 혼합해 마실 수 있다.

맑은 차를 위한 작은 수고

자신의 기호에 맞는 보이차를 구매했다면 보관 역시 차의 품질을 유지하는 데 매우 중요한 요소이므로 주의를 기울여야 한다. 가끔 주방 캐비닛에 오래 보관해온 차를 마셔도 되는지 묻는 손님이 있는데, 내가 찻잎을 직접 보지도 또 마셔보지도 못한 경우에는 선뜻 답하기 어렵다. 이때 어디에 차를 보관했는지 먼저 되묻곤 한다. 직사광선이 들지 않고 통풍이 잘되며 습하지 않은 공간에 보관했다면 차의 품질이 변했을 거란 걱정은 덜어도 된다.

기호에 따라 선호하는 차는 다를 수 있지만, 어떤 보이차든 찻잎의 품질이 우수해야 좋은 차라는 점은 같다. 먼저 보이차를 포장한 종이를 펼쳐 향을 맡아보았을 때 싱그러운 향 또는 발효로 인한 묵직한 향이 나야 한다. 쿰쿰한 냄새라면 변질된 것이다. 그리고 차를 우린 후 탕색을 확인했을 때 연한 금빛부터 금귤빛, 황색빛, 호박빛, 붉은 와인빛까지 발효도에 따라 색은 다를지라도 공통적으로 맑고 깨끗한지 확인하면 좋은 보이차인지 가늠할 수 있다. 그리고 차를 우리고 난 다음 자사호에 남은 찻잎이 윤기가 나며 으깨지지 않고 모양을 잘 유지하고 있다면 좋은 품질이라고 본다.

차를 오랫동안 맑게 보관하기 위해 집에서 가장 피해야 하는 곳은 직사광선이 들고 온도 차가 큰 베란다, 음식 냄새가 잘 배는 서늘한 냉장고다. 가끔 냉장고 위에 보관하는 사람도 있는데 이곳은 온도가 높아서 적절하지 않다. 차는 주변의 냄새를 쉽게 흡수한다. 차 고유의 향을 버리지 않기 위해 주방의 조리대 쪽은 피하는 게 좋다. 싱크대 밑처럼 습한 곳도 맞지 않다.

그렇다면 도대체 어디에 차를 보관해야 할까? 내가 있을 때 가장 쾌적하다고 느끼는 공간이 제일 좋다. 보이차도 숨을 쉬고 발효를 하고 자신만의 시간을 보내기 때문에 내게 가장 쾌적한 곳에 두어야 차도 편히 나이를 먹어갈 것이다. 그런 의미에서 책이 가득한 서재도 적절하다.

차의 품질에 큰 영향을 미치는 생산지와 생산 연도 외에도 후발효차인 보이차의 경우 어떤 온도와 습도에서 보관했느냐에 따라 맛이 크게 달라진다. 보이차 안에 있는 미생물에 의해 하루, 한 달, 1년 이상의 시간을 계속 발효 중인 상태이므로 한지를 비롯해 차가 숨을 쉴 수 있는 종이 포장지 또는 차를 쌓아둔 대나무 껍질에 보관하면 가장 좋다. 대나무 껍질을 사용하는 이유는 미생물 발효에 이로울 뿐만 아니라 차에 스밀 수 있는 불필요한 향을 걸러내고 맑은 향이 나도록 돕기 때문이다.

보이차를 마시는 기간에 따라 해괴 여부 역시 달라진다. 만약 차를 1~2년 안에 소진한다고 예상하면 골고루 균일하게 결을 따라 해괴한 후 숨 쉬는 종이 지퍼백이나 차통에 넣어두어도 된다. 그러나 3~5년 혹은 그 이상 묵혀 마시려면 차를 편이나 통에 포장한 그대로 쾌적한 공간에 보관한다.

가끔 너무 예쁜 유리, 주석, 나무로 된 차통에 담아 보관하길 원하는 경우도 있다. 나 역시 찻자리에 자사호와 공도배를 놓고 근처에 그날 또는 2~3일 마실 분량의 차를 작은 차통에 넣어둘 때가 있다. 보이차는 자사 재질로 된 차통을 사용해 서늘한 곳에 보관하는데, 자사 차통 속에서 차는 천천히 숨을 쉬며 나이를 먹어간다. 보이차 외의 차 또한 자사 또는 주석, 도자로 된 차통이 맛과 향을 보존하기에 알맞다. 다만 반드시 피해야 하는 것은 유리 또는 투명

플라스틱 통이다. 직사광선이 안 드는 공간에 보관한다고 하더라도 투명한 재질에 빛이 투과되므로 찻잎이 산화되어 색이 변할 뿐만 아니라 맛과 향에도 큰 영향을 끼친다. 그러고 보면 맛있는 차를 매일 마시기 위해서는 약간의 수고가 필요하다.

보이차는 구매 후 바로 마실 수 있는 차와 묵혀두어 후발효를 시켜 마시는 차로 나눌 수 있다. 바로 마시는 차는 어느 정도 발효가 진행이 되어 부드럽고 편안한 맛이 나며 오랜 시간 묵혀두는 차는 아직 발효가 덜 되어 강한 기운을 가지고 있다. 노차에 비해 접근하기 편한 가격의 생차를 사서 5년 또는 10년의 시간을 기다리면 달고 묵직한 맛의 차로 변한다. 만약 노차를 마시고 싶다면 차를 구매해 30년 이상의 세월을 함께하거나 혹은 그의 절반 정도 나이가 든 차를 구매해 남은 시간을 기다려야 한다. 좋은 차를 맛보는 가장 빠른 길은 누군가가 기다려 둔 차의 시간을 돈으로 사는 것이다. 보이차 마시기가 삶에 깊숙이 들어온 일상이자 취미라면 시간의 값을 치러야 하는 노차의 가격이 부담스러울 수 있다. 이때 숙차가 있다. 생차의 시간을 단축시켜 쾌속 발효를 한 숙차에 정말 고마워해야 할 점이다.

만약 투자 목적으로 보이차를 오랫동안 보관할 계획이라면 숙차가 아닌 생차를 사야 한다. 이렇게 티테크를 하고자 보이차를 구매하는 사람이 꽤 많은데, 정말 가진 차의 값이 오를까 하는 의문이 생길 수 있다. 요즘 30년 이상 된 노차는 공급이 부족해 가격이 급등하고 있다. 다만 모든 노차의 가격이 높은 것은 아니다. 어떤 지역의 차인지 또 생산한 차창이 어디인지 확인 가능해야 하는데, 이는 차와 함께 있는 내비로 알 수 있으므로 반드시 잘 챙겨두어야 한다. 이후에 보이차를 어떻게 보관하는지에 따라 성패가 갈린다. 후발효란 말 그대로 차를 만든 후에도 계속해서 발효가 진행되는 것을 의미한다. 사람도 어떤 환경에서 지내고 어떤 음식을 먹으며

어떤 생활을 하는지에 따라 성향과 성격이 달라지는 것처럼 차도 우리가 어떻게 아껴주고 보관하고 가꾸는지에 따라 맛과 향이 달라지는데 이렇게 발효로 인해 더욱 좋은 풍미가 나는 보이차는 시간과 품질에 관한 값을 인정받을 수 있다.

나의 어린 시절, 그러니까 1990년대에서 2000년대 초반 인사동을 누비고, 어머니 무릎에 앉아 받아 마시고 즐겼던 차가 이제는 더 이상 만나기 어려운 호급차로 불리는 복원창호, 동경호, 송빙호다. 이런 차가 지금 억대의 가격으로 시장에서 거래되고 있는 것만 봐도 그렇다. 당시에는 아버지뿐만 아니라 같이 다회를 하고 새로 들어온 차를 시음해보곤 했던 스님들 또는 어르신들이 차를 뚝뚝 뜯어 나누기도 하고, 판매 역시 활발히 이루어졌다는 게 지금으로서는 믿기 어려운 일이다.

예비 컬렉터를 위한 보이차 수집 가이드

Guide

보이차는 시간이 흐를수록 가치가 오른다고 알려져 티테크를 대표하는 차가 되었다. 그러나 반드시 시세차익을 위해서 보이차를 수집하기보다 차를 즐기는 애호가가 더 맛있게 마시기 위해 일정 시간 동안 가지고 있거나 자녀에게 의미 있는 선물을 하고 싶어서 수집하는 경우가 일반적이다.

보이차를 수집할 때 미리 알아둘 3가지

첫째, 차를 수집하는 목적과 의도에 따라 알맞은 차가 달라진다. 구매한 차를 2~3년 안에 즐겁게 마실지 아니면 5년, 10년 이상 묵혀둘지 결정해야 한다. 둘째, 자신의 기호를 찾고 알아가는 것에 조바심을 내지 말고 하나하나 맛보고 배워가는 그 과정을 즐기는 마음가짐이 필요하다. 개인의 선호도에 따라 차의 생산 연도 외에도 중국 윈난성 안의 산지 역시 바뀌며, 차나무의 수령에 따라 달라지는 맛을 비교해보는 등 여러 방법으로 자신에게 맞는 보이차를 찾을 수 있다. 셋째, 구매를 희망하는 차는 꼭 시음해보고, 찻잎의 상태도 확인하며 품질을 살펴야 한다. 정식으로 수입 통관을 한 차를 고르면 좋은 품질의 차를 믿고 마실 수 있다.

차에 대한 안목을 기르기 위해 추천하는 방법

가능한 한 많은 다실을 방문해 차를 눈으로 감상하고 직접 마셔보며 다실 주인들의 저마다 다른 이야기를 들어보는 경험이 가장 좋은 공부다. 다실마다 취급하는 차가 달라 여러 곳에서 생산 연도와 지역에 따라 변화하는 차의 맛과 향을 직접적으로 느끼다 보면 차에 대한 감식안이 높아진다. 요즘은 차에 관한 서적도 다양하게 나올 뿐만 아니라 온라인에서도 방대한 양의 정보를 얻을 수 있으나 차는 직접 향을 맡고, 탕색을 감상하고 음미하며 마셔봐야 가장 오래 기억할 수 있다. 이 밖에도 차·공예 박람회 등 여러 차 박람회가 열린다. 여러 다실을 방문하기 위해서 시간을 매번 내야 한다면 박람회는 한자리에 다양한 차와 정보를 모아두기 때문에 단시간에 여러 종류의 차를 시음해보고 느낄 수 있다는 장점이 있다.

차 애호가들 사이에서 인정받은 꼭 알아야 할 보이차

경매에 가장 많이 올라오는 차로 골동보이차가 빠질 수 없다. 1960년대 이전의 호급차, 1950년대부터 1970년대까지의 인급차, 1970년대부터 나온 숫자급 보이차가 경매에 주로 출품되며 활발히 거래되는 골동보이차다. 호급차는 동경호, 송빙호처럼 호급(號級)을 달고 나오는데 차의 이름 뒤에 '호' 가 붙는다. 인급차로는 홍인, 황인, 녹인, 남인 등 8중차가 있으며 8개의 중(中)자 안에 있는 차(茶) 글자가 홍색인지 황색인지 등으로 나눈다.
숫자급 차는 7542, 7572와 같이 4자리의 숫자로 부르는 차로 앞자리 두 개의 숫자는 해당 차를 만든 연도를 의미하며, 세 번째 숫자는 차의 등급을, 마지막 네 번째 숫자는 어느 차창에서 만들었느냐를 나타낸다. 예를 들어 1 곤명차창, 2 맹해차창, 3 하관차창, 4 보이차창으로 구분한다.

수집용 보이차를 처음 구매할 때의 예산

다양한 요인으로 보이차의 가격대가 천차만별이므로 자신의 예산 범위 내, 형편이 닿는 한 가장 좋은 차를 선택한다. 처음 차를 구매할 때는 기호가 잡혀 있지 않은 상태이므로 1~2년 된 맛있게 편히 마실 수 있는 차를 추천하는데, 이때 양보다는 질이 좋은 차인지 먼저 살펴본다.
보통 1~3년 안에 마실 계획으로 구매하는 나이 어린 생차는 357g 1편에 10만~20만 원(2023년 기준)을 웃돈다. 오랫동안 묵혀두고 마실 용도거나 재판매를 고려한 투자용일 때는 1통 1편을 일반적으로 구매한다. 앞서 경매에 나오는 차의 포장이 온전해야 가치가 높다고 언급했는데, 1통에 들어 있는 7편의 차를 꺼내거나 포장을 풀지 않고도 함께 구매한 같은 종류의 낱개 1편의 차로 맛과 향을 중간중간 확인할 수 있기 때문이다. 1통 1편을 구매해 보관할 때는 보이차 1통 위에 동일한 보이차 1편을 올려두고 같은 환경에서 보관한다.

보이차의 가치가 올라가는 시간	자연 발효차인 생차의 맛이 무르익어 가장 좋은 시기는 50~60년이 지나서다. 그 이후로는 맛과 향이 점점 사그라든다.
보이차 거래 시장	수집한 보이차를 되팔고 싶을 때 다실에 위탁해 판매할 수 있고, 경매를 이용해 개인이 사고파는 경우도 있다. 하지만 차는 기호음료인 만큼 보관 상태가 좋고, 숙성이 오래된 골동보이차를 제외하고는 높은 금액에 거래되기 힘들다는 점을 미리 염두에 두어야 한다. 골동보이차는 보통 경매를 통해 거래가 이뤄진다. 한국에도 경매를 진행하는 곳이 있긴 하지만 일반적으로 중국 본토 또는 홍콩에서 벌어지는 경매가 주를 이룬다. 2023년 4월에 열린 홍콩 경매에서는 1950년대 보이차 7편(1통)이 3억 9000만 원에 낙찰되기도 했다. 묵혀둔 보이차를 작은 다실에서 팔 때는 차의 생산 연도에 크게 구애받지 않지만, 큰 옥션을 고려한다면 현재 기준으로 1990년대 이전의 차가 그 대상이다.

2

찻물을 끓이다

산에서 흐르는 물

차의 맛을 끌어올리는 데 가장 중요한 3가지가 있다. 품질 좋은 차, 그 차를 우리기에 알맞은 다구 그리고 물이다. 어떤 물을 사용하는지에 따라 차 맛이 좌지우지된다. 3가지 중 하나라도 달라질 경우 미각 또는 후각이 특히 예민하다면 자신이 마시던 차와 맛이 같지 않다는 사실을 바로 알아차릴 게 분명하다.

그중 가장 큰 차이를 느끼게 하는 것이 차의 품질 또는 종류라고 생각한다. 같은 차일지라도 어떤 크기의 찻잎인지, 올바르게 보관했는지 여부로 맛의 변화가 크다. 보이차는 어디에 어떻게 보관을 했느냐에 따라 맛과 향이 날아가 버릴 수도 있고, 숨을 못 쉬어 발효가 멈추기도 한다. 또 주변에 같이 보관한 음식 또는 창고 등의 냄새를 머금기도 한다. 매번 달라진 발효도를 느끼며 보이차를 마시고자 한다면 첫째로 잘 보관된 차를 준비해야 하며 그다음은 차의 맛을 최상으로 끌어올리기 위한 맑고 깨끗한 물이 필요하다. 찻잎은 결국 물이 있어야 차가 되기에 그렇다.

차를 우리는 물에는 2가지 종류가 있다. 천수(天水)와 지수(地水)다. 천수는 하늘에서 내리는 물, 즉 비와 눈이며, 지수는 땅에서 흐르는 물인 바닷물, 강물, 산에서 얻는 물 또는 우물물을 뜻한다. 천수 중 가을비가 가장 차의 맛을 잘 낸다고 한다. 눈을 녹인 설수를 사용해 차를 마시는 것 또한 고상한 맛과 향을 느낄 수 있는 방법이다. 당나라의 육우는 그의 책 〈다경〉에 산수상, 강수중, 정수하(山水上, 江水中, 井水下)라고 해서 차를 우리는 물로 산에서 흐르는 물이 으뜸이며, 강물이 중간이고, 우물에서 길어 올리는 물이

가장 나쁘다고 했다.

물의 온도는 차를 깨우는 정말 큰 힘을 가지고 있다. 특히 발효차인 흑차와 보이차를 마실 때에는 항상 100℃의 물로 차를 우려야 한다. 물이 설끓거나, 한번 끓인 물이 식어 다시 가열해 차를 마시면 기대했던 맛과 전혀 달라진다. 그러므로 물도 한번 우릴 만큼 100℃로 끓이고, 위에 올라오는 김도 살펴 알맞게 잘 끓었나 확인한 후 차를 우리는 것이 그 차를 정성껏 내리는 예의 하나이자 자신이 기대하는 차 맛을 섬세하게 또는 강하게, 때때로 더욱더 농후하게 내기에 좋다.

가장 좋은 물은 산에서 흐르는 물이라고 하지만 늘 산으로 물을 길으러 가기란 서울에 사는 나에게는 힘든 일이다. 그래서 대신 사용하는 물이 삼다수와 백산수다. 어렸을 때부터 차를 내려주시는 어르신들을 많이 보고 자란 나는 삼다수로 찻물을 끓이는 분들을 종종 뵈었기에 신뢰를 가지고 사용한다. 차를 우릴 때 미네랄이 풍부한 물을 좋아하는 사람도 있다. 하지만 미네랄이 너무 강한 물로 차를 우리면 탕색이 맑지 않고 어두워지며, 향이 약하고 때로 느끼하기도 하다. 어떤 때는 쓰고 떫은맛이 강하게 올라오기도 한다. 그런 측면에서 삼다수와 백산수는 미네랄 함유량이 낮은 물이라 차를 우리기에 적합하다고 생각한다. 한 번씩 물로 블라인드 테스트를 할 때가 있다. TDS(Total Dissolved Solid 용해고형물질) 수치가 높은 물은 경수의 느낌, 낮은 물은 부드러운 연수의 느낌이 든다. TDS 수치를 측정하는 기계를 온라인 쇼핑몰에서 쉽게 구매할 수 있으니 진지하게 차를 연구하고 있다면 이 도구로 물에 따른 차의 맛을 비교해보는 건 어떨까.

시중에 판매되는 생수 중 삼다수와 백산수의 TDS 수치가 가장 낮은 까닭인지 이 물로 차를 우리면 더욱 목 넘김이 부드러운 차를 만들 수 있다. 하지만 이 또한 물의 맛과 목 넘김의 기호가 저마다 다르니 여러 물로 우려보면서 자신에게 맞는 물을 찾는 것이 차를 더 깊게 알아가는 데 도움이 되는 시도다. 꼭 생수가 아니어도 수돗물을 받아두고 하루를 기다린 후 윗부분의 물을 떠 사용해도 괜찮다. 자신이 사는 지역의 수돗물 성분을 알아두면 좋지만 번거롭고 어렵기 때문에 브리타 같은 필터 정수기로 거른 물도 충분하다.

물의 성질은 차를 우리는 데 정말 중요한 역할을 한다. 최상의 차 맛을 원한다면 물까지 섬세하게 고른다.

차 맛을 좌우하는 온도

전기포트 없이 정수기 물로 사무실에서 차를 마시거나, 끓여 보온병에 담은 물로 야외에서 차를 우리는 경우도 많다. 그때는 맛보다는 차를 마신다는 행위 자체에 집중하기 마련이지만, 최고의 차 맛을 느끼고 싶다면 물의 온도는 매우 중요한 조건이다. 물을 바로 끓일 수 있는 환경에서는 자신이 가진 차에 숨을 불어넣기 위해 발효도에 따라 우리는 물의 온도를 달리한다.

6대 다류에는 녹차, 백차, 황차, 청차, 홍차, 흑차가 있는데 가장 쉽게 차의 온도를 가늠하는 방법은 자신이 마시려고 하는 차의 건엽(마른 찻잎) 색을 살피는 것이다. 연한 초록빛의 녹차부터 발효 단계가 높은 흑차인 보이차처럼 검붉고 어두운 색을 띠는 것까지 다양한데, 건엽이 연한 초록빛이면 한 김 식힌 낮은 온도, 색이 진하고 어두우면 높은 온도의 물이 알맞다고 생각하면 쉽다. 가장 연한 탕색이 나는 녹차는 70~80℃, 백차는 90℃, 황차는 80~85℃, 청차는 어떤 발효도의 차인지에 따라 조금 다르지만 대개 90~100℃이며, 홍차는 95~100℃, 흑차는 100℃다.

찻물을 준비할 때는 먼저 주전자 또는 전기포트, 탕관을 사용해 물을 100℃로 끓인다. 그다음 낮은 온도에서 우려야 하는 차일 경우 물을 식혀 온도를 맞춰주는 것이 좋다. 온도를 세팅할 수 있는 전기포트라면 100℃로 끓인 다음에 액정에 디지털 숫자로 표시된 온도가 자신이 원하는 정도로 낮아질 때까지 기다린다. 녹차를 마시기 위해 물을 식힐 때 시간이 많이 소요된다고 생각하는 이도 있다. 기다림의 여유 역시 차를 마시는 즐거움 중 하나라고 여기면 어떨까. 그러나 시간이 촉박할 경우 물의 온도를 낮추는 정말 간단한 방법이 있다. 숙우 2개를 준비해 뜨거운 물을 양쪽으로 번갈아가며 높은 곳에서 떨어뜨리면 더 빠르게 온도가 낮아진다. 물을 보글보글 끓인 후 주전자 또는 전기포트의 뚜껑을 열어둔 채 차 마실 준비를 하는 것도 물을 식히는 시간을 줄이는 법이다. 그 물로 다구를 예열하고, 적정한 온도까지 기다리며 찻잎의 모양을 감상하고 향을 맡아 후각을 깨워준 후 적절히 식은 물로 차를 마시면 기다림의 시간이 결코 지루하지 않다.

차를 제 온도에 맞춰 우리는 이유는 꼭 맛에만 있지 않다. 우리가 차생활을 일상에 들이고자 하는 이유 중 하나인 건강적인 이익 때문이기도 하다. 녹차를 너무 뜨거운 물로 우릴 경우 함유한 아미노산이 파괴되어 버리는 반면, 보이차에 들어 있는 항산화 작용을 돕는 폴리페놀 성분은 100℃의 뜨거운 물에서 더 잘 추출된다는 연구 결과가 있다. 차의 향, 맛, 이로운 성분까지 온전히 누리려면 찻물의 온도는 가장 중요한 기본이다.

목적에 맞는 탕관

차를 우리는 물의 온도가 중요한 만큼 물 끓이는 도구 역시 신중하게 택한다. 집에서는 흔히 가스레인지에 주전자를 올려 끓이거나 전기포트를 사용하지만 차를 오랫동안 접해온 이들은 탕관에 끓인 물을 최고로 여긴다. 탕관은 열보존율이 좋아 물이 설끓지 않고, 높은 온도를 오래 유지해주어 보이차처럼 높은 온도에서 우릴 경우에 맞춤이다.

뭉근하고 뜨겁게 온도를 올려 맛있게 물을 끓이는 탕관에는 대표적으로 우아한 빛을 내는 은탕관, 동탕관, 단단하고 두터운 철로 만든 무쇠탕관이 있다. 탕관 역시 자사호처럼 사용 후 바로 바짝 말리고 양호를 하며 길들여야 한다는 점에서 손이 많이 간다고는 하지만, 탕관으로 끓인 물을 한번 맛보면 전기포트로 끓인 물은 못 먹는다는 말이 있을 정도다. 탕관의 재질에 따라 차이가 있는데, 은탕관이 물을 부드럽게 해줘서 많이 선호한다. 무쇠탕관은 탕관 중 물의 온도를 제일 높게 올려주기 때문에 보이차 중에서도 온도가 높은 물로 우려야 하는 노차에 알맞다.

다실에서 하루 종일 물을 쓰는 나는 어쩔 수 없이 계속 들고 있어도 손목에 부담이 적은 가벼운 도구들을 찾게 된다. 간편한 전기포트를 쓰는데 이때 물이 충분히 끓지 않는 상황이 생길 수 있다. 그럴 경우 전기포트의 버튼을 계속 눌러 5~10초 김이 보글보글 올라가는 걸 눈으로 확인하거나, 전기포트의 뚜껑을 열고 완벽히 끓이면 물이 더욱 맛있어진다.

평생을 함께하는 흑단 차판

뜨거운 김이 펄펄 나는 물을 자신의 작고 소중한 차호에 부으며 차를 마시는 건 찻자리를 하는 사람들의 로망이다. 다실에 오는 손님들이 제일 먼저 탐을 내는 건 자사호, 두 번째가 차판이다. 다구를 예열한 물이나 식은 찻물을 차판 위에 바로 부어도 이어진 호스를 통해 퇴수기로 빠져나가는 구조인 습식 차판은 물을 많이 사용하는 중국차를 편하게 마시기 알맞다. 그러나 크기가 큰 편이라서 집에 놓을 자리가 필요할 뿐만 아니라 자신이 이렇게까지 차를 꾸준히 마실 수 있을까 하는 의구심 때문에 차판을 들이기를 주저하는 이가 꽤 많다.

습식 차판에는 여러 종류가 있다. 나무, 돌, 세라믹, 도자 등 소재가 다양할뿐더러 크기에 따른 종류도 갖가지다. 나무로 만든 차판도 흑단 혹은 화리목 원목, 대나무처럼 쓰임에 따라 여러 종류의 목재를 사용하는데 내가 팽주로서 가장 선호하는 차판은 흑단 나무 소재로 만든 것이다. 고급 목재인 흑단 원목은 단단해서 내구성이 좋고, 은은한 광택을 띠기에 가구나 악기 등의 재료로 쓴다. 보통 나무는 물에 뜨지만 흑단은 가라앉는 나무로 유명하다. 그 정도로 밀도가 높다. 그래서 희소하고 귀하다 보니 수요에 비해 공급이 부족해 요즘 흑단 원자재 가격이 많이 오른 까닭에 차판 가격 역시 고공행진 중이다.

다실에서 내 앞에 두고 사용하는 흑단 소재 차판은 나무를 갈아서 뭉쳐 만든 게 아닌 나무 하나를 통으로 깎아 만든 것이라서 열에 강하고 뒤틀림이나 쪼개짐이 다른 목재로 만든 차판에 비해

현저히 낮아 오래 사용할 수 있다. 보이차는 세월이 흐를수록 묵직하고 부드러운 기운이 느껴지는 차다. 나의 어둡고 빛나는 흑단 차판 역시 나와 함께 매일 차를 마시며 시간을 보내고 있기에 이 둘은 매우 훌륭한 조화를 이룬다. 차판은 차생활을 든든하게 받쳐주는 힘을 지닌 평생을 함께하는 차 친구. 차생활을 지속적으로 이어가고자 한다면 집에 듬직하고 아름다운 차판을 들여 자신만을 위한 다실을 만들어보는 것을 추천한다.

단정한 호승

나는 매일 오늘은 어떤 차를 마실지, 또 어떤 자사호를 사용할지 행복한 고민에 빠진다. 차와 차호를 고른 후에는 어떤 방식으로 찻자리를 꾸밀지 결정한다. 다실에서는 습식 차판을 사용하지만, 가끔 건식으로 찻자리를 차려 차를 마시는 재미도 쏠쏠하달까. 누군가와 함께 가볍게 차를 마시거나, 혼자서 마실 때에는 작은 호승 위에 차호를 올리기만 해도 근사한 찻자리를 뽐낼 수 있다. 건식은 물을 적게, 깔끔하게 사용하는 찻자리인데 이때 함께 놓는 호승은 물받이가 있는 그릇 형태로 차호에서 흘러내린 물이 아래쪽에 고인다. 찻자리를 마치고 물받이의 물만 버리면 되니 편하지만, 물을 품을 수 있는 양에는 한계가 있어 퇴수기를 함께 사용해야 한다.

주석, 도자, 순동, 나무 등 재료는 여럿 있지만 나는 원형부터 사각형, 구름 모양 호승까지 주석으로 된 것을 가장 많이 사용한다. 주석 소재 호승은 보이차의 짙은 찻물이 배어들어 주석의 색이 진해지고 광이 나는 등 나의 차생활 이력이 더해져 흡족해지기 때문이다. 자주 사용하는 주석 호승에 코코넛 섬유로 만든 코스터를 놓고 그 위에 자사호를 올린다. 코스터는 손이 미끄러져 자사호가 호승 위로 세게 떨어질 경우 파손을 방지하는 기능도 있지만, 자사호를 내려놓을 때 주석과 맞닿아 발생하는 불필요한 소음 역시 줄여준다. 게다가 자사호에 물을 부으면 코스터가 물길을 만들어 더 잘 배수가 된다. 언뜻 평범해 보이지만 호승과 코스터는 떼려야 뗄 수 없는 사이이다. 이렇게 커다란 차판 없이도 건식으로 찻자리를 완성할 수 있으니 아직 습식 차판이 부담스러운 이에게는 건식을 권한다.

호승 위에는 자사호뿐만 아니라 개완 또는 한국 다관을 올려도 잘 어울린다. 다실 손님 중 선생님 한 분은 교실에 호승을 두고 작은 찻자리를 마련했을 정도로 자리를 적게 차지한다고 흡족해하기도 했다. 집이나 사무실 어디서든 가볍게 찻자리를 가질 수 있는 가장 간단하면서도 편리한 호승. 장소에 구애받지 않고 자신의 조그마한 다실을 만들어본다.

수반은 호승과 비슷한 용도로
사용할 수 있는 차호를 받치는
다구다. 자사호가 엉덩이만 붙일
수 있다면 모든 게 수반이 될 수
있다. 나는 청나라 때 제작한 접시를
수반으로 사용하는데, 사계절의
변화가 그림으로 담겨 있어 감상하는
즐거움이 있다.

아름답고 조용한 마무리

본격적으로 차를 우리기 전에 온기 없는 자사호나 다관과 잔, 공도배 등을 예열해 차의 맛과 온도에 다기들이 익숙해질 수 있도록 먼저 데워준다. 또한 보이차, 동그란 형태의 우롱차일 경우 윤차 또는 세다라고 해서 차를 뜨거운 물에 5~10초 씻어서 찻잎을 열어주는 과정을 거친다. 이렇게 다구를 예열하고, 차를 씻은 물은 바로 버리는데 습식 차판을 사용한다면 차판 위에 흘려 보내면 되고, 건식 찻자리라면 퇴수기가 필요하다.

퇴수기는 여러 명이 차를 마실 경우 잔에 남은 찻물을 버리는 그릇으로, 한자리에서 개완 하나로 여러 가지 차를 마실 때 우려낸 찻잎을 버린 다음 또 다른 차를 마시기 위해 준비하는 과정에서도 유용하다. 퇴수기 종류는 다양한데 마시던 차를 버리는 잔 퇴수기를 비롯해 개인 앞에 두고 쓰는 작은 퇴수기, 팽주가 사용하는 조금 더 큰 퇴수기 등 크기에 따라 사용하는 방법과 쓰임이 조금씩 다르다.

퇴수기는 보통 차탁 아래에 안 보이게 두지만, 동선의 편리함 때문에 테이블에 올려놓는 경우도 많다. 다실에서는 손님들이 편하게 사용하도록 테이블 위에 두는데, 나는 뚜껑이 있는 퇴수기를 좋아한다. 안에 모여 있는 찻물과 전에 우리고 버린 찻잎이 보이지 않아 깔끔하며, 그 위에 차총을 올려주면 눈이 즐거워진다. 뜨거운 물을 버린 다음 뚜껑에 김이 오르는 모습을 보면 마음이 편안해지기도 한다.

구리로 된 뚜껑이 있는 퇴수기는 찻자리를 거듭할수록 찻물이 들며 점점 나와 함께 세월을 보낸 퇴수기로 변화한다. 사용하면 할수록 손때가 묻고, 차의 시간을 담아주는 이런 기물이 곁에 있는 찻자리는 풍요롭다.

보이차 우리는 방법

Guide

보이차는 100°C 끓는 물로 우려야 한다. 만약 가지고 있는 보이차가
나이 어린 생차라면 찻잎이 놀라지 않게 물의 온도를 조금 낮춰도 좋다.
보통 보이차는 따뜻하게 마시기를 권장하지만 무더운 여름에는 냉침
또는 급랭해 마셔도 색다르게 즐길 수 있다.
차의 진정한 맛을 위한 월하보이의 보이차 우림법을 소개한다.

준비물

보이차 3~4g(1인 기준), 100℃로 끓인 물, 다구(차호, 공도배, 찻잔)

❶ 차호와 공도배, 찻잔에 뜨거운 물을 담아 예열한다.
❷ 차호에 찻잎을 1인 기준 3~4g 넣고 뜨거운 물을 부은 후 신선한 차를 만들기 위해 찻물을 한 번 버린다(세다).
* 세다는 차를 깨우기 위해서 해준다.
❸ 다시 차호에 뜨거운 물을 붓고 첫 번째에는 10~15초 우리고, 3~4번째부터는 10초 정도씩 시간을 늘려가면서 차를 우리면 좋다.
❹ 차호에서 우린 찻물을 공도배에 옮기고 다시 찻잔에 따라 마시면 된다.
* 차를 마시기 전에는 찻잔에 비치는 탕색을 감상하고 향을 맡아본 후 맛을 입으로 음미하는 것이 좋다. 이를 삼품(三品)이라고 한다. 보이차는 10번 정도 우려 마실 수 있다.
❺ 편안하고 맛있게 차를 즐기고 다구를 정리해 마무리한다.

냉침법

❶ 차 6g을 다시백에 넣고 물 1.5L를 부은 통에 담근다.
❷ 냉장고에서 12시간 정도 우린다.
❸ 찻잎을 빼고 잘 우러난 차를 시원하게 즐긴다.
* 냉침한 차는 2일 이내에 마시기를 권한다.

급랭법

❶ 다관 또는 개완에 차를 평소보다 2배 정도 길게 우린다.
❷ 300~500ml 유리잔 또는 머그컵에 얼음을 가득 채운다.
❸ 우린 찻물을 얼음이 든 잔 또는 컵에 붓는다.
❹ 기호에 따라 찬물을 섞어 농도를 맞춰도 좋다.

3

다구를 꺼내다

보물 같은 자사호

손님들이 "보이차의 맛과 향을 제대로 느끼기에 가장 좋은 차호가 뭔가요?"라고 물으면 항상 "가장 으뜸인 차호는 자사호입니다"라고 답한다. 하지만 보이차를 꼭 자사호에만 우리라는 법은 없기 때문에 자사호가 있다면 이를 쓰고, 개완 또는 다관이나 차호도 좋으며 차를 우릴 도구가 없다면 끓여 마시는 간편한 방법도 있다고 설명드린다.

보이차를 마실 때는 항상 100°C의 끓는 물을 사용해 차를 우린다. 생산 연도에 따라 온도를 아주 조금 낮출 수는 있어도 차의 맛과 향을 최대한 끌어올리기 위해서는 반드시 뜨거운 물을 사용해야 한다. 그런 의미에서 자사호는 보이차와 가장 잘 맞는 차호다. 높은 온도에서 최고의 기량을 발휘하기 때문. 자사호는 중국 이싱 지역의 자사토를 곱게 갈아 물과 반죽해 제작한 다음 1250°C 이상의 고온에서 굽는데, 유약을 바르지 않은 것이 특징이다. 그래서 마치 옹기처럼 숨을 쉴 수 있으며, 열을 전달하고 지키는 열보존율이 훌륭하다. 숨을 쉬는 구멍인 기공이 많고 넓어서 보이차의 맛과 향을 끌어올리는데 이처럼 자사호는 숨을 쉬는 차호이기 때문에 이를 사용할 때 꼭 일차일호를 지켜줘야 한다. 하나의 자사호에 하나의 보이차를 우린다는 뜻으로 차의 발효도와 맛, 향에 따라 다르게 쓰는 게 일반적이다. 나는 보이생차와 보이숙차를 각기 다른 자사호에 우리고, 생차의 경우 신차와 노차로 나눈다. 만든 지 10년 미만인 차로 푸릇하고 탕색이 금빛이 도는 신차 따로, 그리고 그 이상의 나이를 먹은 노차의 경우 다시 20년 미만, 20~30년 이상으로

세분화해 자사호를 사용한다. 매일 차를 마시면 마실수록 자사호는 나와 평생을 함께하는 차 친구가 되어준다.

자사호는 손으로 만져보고 교감을 하며 세심하게 고른다. 손잡이에 손가락을 걸거나 손으로 잡으면 편한지, 찻물을 따라보았을 때 물줄기가 끊기지 않고 물의 샘 없이 고르게 나오는지 면밀히 살핀다. 자사호의 손잡이를 나는 귀라고 부르는데, 사람마다 귀의 모양이 다른 것처럼 자사호도 귀의 형태가 각양각색이다. 부처님 귀 혹은 작은 아이의 귀를 닮았거나 나의 귀처럼 몸통에 비해 조금 큰 손잡이가 달린 자사호 등 다양하다. 제각각의 매력을 지닌 자사호는 사람의 생김새를 보는 것 같은 재미가 있다.

보이차를 우릴 때 자사호의 겉면에 뜨거운 물을 붓거나 양호건으로 닦아주면 반질반질 윤이 난다. 이렇게 반짝이는 자사호는 그 가치가 올라가기 때문에 그냥 장식으로 두고, 오래 사용하지 않은 상태로 방치하지 말고 계속 쓰면서 길들이는 것이 좋다. 일주일에 한 번 정도는 지속적으로 사용하는 그 자체가 자사에 숨을 불어넣어 주는 일이다.

자사호 고르기

자사호의 품질은 자사토의 생산 연도에 따라서도 달라지는데 오래된 자사토의 품질이 좋다고 알려져 있다. 그리고 진토근 작가처럼 유명 작가의 자사호는 공예적으로 훌륭해 상을 받았을 정도로 작품 가치가 높다.

자사호의 색깔은 다양해서 자사토의 니료에 따라 붉은색은 주니, 노란색은 단니, 보라색은 자니, 녹색은 녹니, 검은색은 흑니라고 부르는데 이 5가지 색상이 일반적이며 이 때문에 자사토는 오색토라고 말한다. 이는 단순한 색깔 차이에 그치는 것이 아니라 자사호의 색에 따라 차의 맛도 달라진다. 보이차를 마실 경우 붉은빛의 주니를 가장 선호하는데 기공이 넓고 열보존율이 뛰어난 자사토의 성질을 제일 많이 가지고 있기 때문. 그다음으로 자니, 흑니를 사용하곤 한다. 우롱차는 기공이 좁아 향을 많이 가둘 수 있는 노란색의 단니가 적합하다.

자사호의 모양도 가지각색이다. 주로 사용하는 형태에는 놓았을 때 호의 뚜껑과 입술이라고 칭하는 물이 나오는 출수구, 손잡이가 일직선상에 놓여 안정감을 주는 수평호와 아랫부분이 둥글게 부푼 이형호가 있다. 미인견호는 곡선이 아름다운 자사호다. 나는 좋은 자사토로 만든 데다 반질반질 양호까지 잘되어 있는 자사호를 발견하면 수집하고 싶어지는데, 그 호에 어떤 차를 마셨는지 먼저 확인한 다음 손으로 만져보고 물도 내려보며 꼼꼼히 살펴 구입한다.

자사호 관리법

사용 이력이 없는 온전한 새 자사호를 산 경우 개호 과정이 필요하다. 개호는 차호를 깨워주는 행위를 의미한다. 먼저 자사호 뚜껑과 몸체를 분리해 다건으로 감싼 다음 깨끗한 물을 담은 냄비에 넣는다. 물이 팔팔 끓으면 불을 매우 약하게 줄인 후 기포가 뽀글뽀글 올라오는 상태로 15분간 끓여 기공을 뚫는다. 그다음 기존 물을 버리고 한 번 더 깨끗한 물을 냄비에 담은 후 분리해서 감싼 자사와 이 자사호에 우려서 마시고 싶은 차를 한두 꼬집 넣고 가열한다. 1차 때와 같이 물이 팔팔 끓자마자 매우 약한 불로 15~20분간 끓인 다음 냄비에 담긴 상태로 그대로 5시간 정도 상온에 두었다가 물로 세척해 사용한다.

잘 개호한 자사호에 우린 차를 즐기며 차를 마시는 중간중간 자사호를 윤이 나도록 길들여보자. 차를 마시면서 자사호 겉면에 뜨거운 물을 붓거나 남은 찻물을 부어주는데 이때 몸체는 물론 손잡이, 뚜껑 등 물이 안 닿는 부분이 없도록 골고루 적신다. 그렇게 물이 묻은 상태에서 양호건으로 자사호를 닦아주면 광이 나고 색 역시 점점 진해진다. 먼저 뚜껑을 빼고 몸통, 출수구, 손잡이를 모두 닦은 다음 뚜껑 부분을 마지막으로 닦는다. 자사호를 사용하고 나면 담았던 찻잎이나 물을 모두 제거하고, 반드시 뜨거운 물로만 잘 씻어서 완전히 말린 후 뚜껑을 닫아서 보관해야 한다. 그렇게 정성 들여 관리하면 자신이 가진 차의 맛과 향을 더욱 깊게 만들어 줄 뿐만 아니라 자사호 자체가 차를 머금어 훗날 뜨거운 물만 부어도 은은하게 차의 향을 느낄 수 있는 상태가 된다.

개완의 물성

수선화가 그려진 개완을 가지고 있다. 그 개완에 차를 마실 때면 꽃 내음이 느껴지는 것 같기도 하고 나도 모르게 한 송이의 꽃이 된 것처럼 하늘하늘 기분마저 좋아진다. 개완은 배신이라고 부르는 몸통인 완과 배개라고 부르는 뚜껑이 있는 차호로 차를 간편하게 우릴 수 있는 다재다능한 도구다. 배개에 틈을 내어 닫은 다음 기울여 차를 우리는데, 출수 속도가 빨라 차의 향과 맛이 손실되지 않는다.

개완의 종류는 형태, 재질 등에 따라 매우 다양한데, 사용하고자 하는 목적에 맞게 선택하면 된다. 먼저 형태로 고르자면 입구가 넓어 찻잎이 충분히 물속에서 놀 수 있는 개완, 입구가 높고 직경이 좁으면서 향을 가두기 좋은 개완을 비롯해 뚜껑과 맞닿는 날개가 넓은 까닭에 손으로 잡기 편해서 개완을 처음 사용할 때 알맞은 형태도 있다. 재질은 대표적으로 도자, 옥, 유리가 있다. 유리로 된 개완은 차를 마시며 찻잎이 열리는 것을 보고 자신이 우린 차의 색이 어떤지 눈으로 확인할 수 있다는 큰 장점이 있다. 반면 차의 온도를 오래 유지해주지 못하고, 차를 우리며 개완을 손으로 잡았을 때 다른 소재로 만든 것보다 뜨거운 편이다. 도자로 된 개완은 손으로 잡기에 유리개완보다 뜨거움이 덜하며 열보존율이 좋아서 온도가 높은 물로 우려야 하는 차를 마실 때 편리하다는 장점이 있다. 옥으로 된 개완은 차의 맛과 물의 맛을 상당히 부드럽게 바꿔주는 마법을 부려 힘이 강한 차를 우려 마실 때는 부드럽게 중화해준다. 그러나 여리고 은은한 계열의 차는 본연의 맛이 너무 부드러워지고 더 연해질 수 있어 추천하지 않는다.

나는 개완을 차를 마시며 향, 맛을 즐기고 싶을 때 주로 찾는다. 보통 유약을 바른 개완이 많아서 향을 가둬두고 차를 우리기에 적합하며 개완 뚜껑에 모이는 차의 사랑스러운 향과 차를 담고 있는 개완의 배신에 놓인 찻잎의 모양을 직관적으로 볼 수 있다. 여러 가지 차를 우려 마시기 위해 하나의 차호를 원한다면 유리개완 또는 유약을 바른 개완만큼 적합한 것은 없다.

요변자사의 와비사비

내가 아끼며 소장하고 있는 자사호 중 요변으로 인해 차호의 겉면이 우둘투둘하고 색도 고르지 못한 데다 한쪽 면에 노란 큰 점까지 자리한 못생긴 자사호가 하나 있다. 겉모습만 보면 투박하다고 말할 법도 하지만 보랏빛을 띠는 이 요변자사는 뜨거운 물을 부으면 기공 사이에 숨은 공기들이 수면 위로 바삐 올라오는 모습이 경이로워 자꾸 보고 싶게 만드는 매력이 있다. 자사호가 살아 숨쉬듯 기공 사이의 공기가 밖으로 나오는데, 물을 붓고 귀를 기울이면 '샤아악' 하는 기공이 내는 소리가 들린다. 대부분이 추구하는 완벽한 아름다움에 반하는 자사호지만 내가 제일 좋아하는 것이다. 장작가마에서 자사호를 소성을 하다 보면 뭉그러지기도 하고 온도에 따라 색이 변하기도 한다. 완벽하지는 않지만, 우연이 빚어낸 아름다움 때문인지 그런 요변자사가 내 눈에는 예뻐 보이고 특별해 보이니 콩깍지가 씐 것 같다. 그런데 이 콩깍지가 오랜 시간이 지난 지금도 벗겨지지 않는 걸 보면 사랑에 빠진 게 분명하다.

와비사비라는 말이 있다. 완벽하지 않은 것에서 느껴지는 아름다움을 일컫는 말로 온전한 완벽함이 주는 아름다움이 있다면 이가 나가고 티끌이 묻은 다구도 저마다의 매력으로 내 눈을 사로잡는다. 곧게 뻗은 대나무도 아름답지만 자연에 순응하며 비틀어지고 굽은 소나무를 볼 때 말로 형용할 수 없는 감동이 샘솟는 것처럼.

이 주먹만 한 요변자사는 볼 때마다 가슴 뛰게 한다. 어느 면에서 감상해도 새로운 모습을 볼 수 있고 매끄럽지 않은 표면은 자꾸 만져보고 싶게 만든다. 미운 오리 새끼가 사실 백조였듯이 작은 자사호가 나에게 우아한 아름다움을 선사한다.

차를 머금은 골동 다구

보이차는 시간의 귀함을 맛보는 차다. 세월이 지날수록 가치가 높아지는 차를 어떤 다구에 우리느냐에 따라 그 차가 가진 진가를 확인할 수 있다. 노차를 골동 자사호로 내린 다음, 청나라 때 만든 골동 잔에 담아 온전히 즐긴다. 잔에 입술이 닿는 느낌은 도톰하고 매끄럽다. 잔을 들었을 때 특유의 묵직한 무게감이 느껴지며 여기에 요즘 잔에서는 찾아보기 힘든 한 폭의 산수가 그려져 있어 이를 감상하며 차를 즐기면 이 또한 풍류가 된다.

골동 다구 중에는 하나하나 눈으로 뜯어보고 감상하는 재미가 있는 소장용도 있고 차생활을 하면서 곁에 두고 함께 세월을 보내는 다구도 있다. 앞서 자사호는 유약을 바르지 않아 숨을 쉬는 기공들이 있고 이것이 차의 맛과 향을 내준다고 언급한 바 있는데, 일차일호로 한 종류의 차만을 내리며 잘 양호한 자사호는 단순히 차를 우리는 도구가 아닌 점점 내가 마셔온 차의 일부가 된다. 오래 사용한 자사호에 찻잎 없이 뜨거운 김이 나는 물을 넣어 2~3분 두었다 내리면 내가 마셔온 차의 맛과 향을 미세하게 느낄 수 있기 때문이다. 그렇게 오래 나와 함께한 자사호는 차의 맛을 온전히 음미하게 해준다.

골동 또는 앤티크 다구 역시 귀하다고 모셔두고 아끼기보다 일상에서 사용해야 생기를 찾는다. 아무리 오래된 다구라도 보관만 한다면 제 역할을 해내지 못한 채 전시되어 있는 작품에 가까워진다. 나 역시 소장하고 있는 골동 기물들을 최대한 손으로 만져주고 물도 부어주며 오래전부터 찻자리를 빛내왔던, 또 차를 우리던 본

연의 일을 지속할 수 있도록 돕는다. 물론 문양이 많거나 크고 무거워서 관상용으로 쓰는 차호도 분명 있지만, 이런 경우가 아니라면 나는 곁에 두고 오랜 세월을 함께 지나온 그들이 물을 마실 수 있게 도움을 주는 일에 행복을 느낀다. 차를 마신다는 것은 나에게 또는 사랑하는 누군가에게 나의 시간과 차와 인내를 전하는 거라고 여긴다. 시간이 만들어낸 선물 같은 보이차와 시간이 흘러 더 윤이 나고 차를 많이 머금은 자사호, 이 둘로 차를 우리면 맛과 향을 온전히 음미할 수 있으며 그 차 한잔에 감사함이 담긴다.

수령 200~300년 된 차나무의 잎으로 만들어져 40~50년 이상의 나이를 먹은 차를 내려 그 이상의 세월을 깨지지 않고 몸을 지켜낸 골동 찻잔에 담아 마시는 것은 내가 느끼고 겪지 못한 시간을 간접적으로 경험하는 방법이다. 지나온 시간을 체감할 수 있다는 점이 골동 다구가 지닌 가장 큰 의미다.

저녁 식사 후 가족이 둘러앉아 보이차를 마시며 하루를 어떻게 보냈는지, 어떠한 재미난 일들이 있었는지 이야기를 나누곤 한다. 한번은 가족들과 70년 된 골동보이차를 내려 마셨는데 그날은 온전히 차를 음미하는 소리만 감돌았다. 지나온 시간을 그대로 담은 노차를 마시며 행복감 이상의 기분에 사로잡혔던 특별한 기억으로 남아 있다.

©이수연

나는 노차를 마실 때 골동 잔을
사용한다. 나이 많은 차를 품을 힘이
있는 골동 잔에 담아 마시면 입술에
닿는 두터운 질감이 과거의 찻자리를
연상케 한다. 난초 그림이 그려진 잔을
즐겨 사용하는데 시원하게
초를 친 그 기상이 나에게 더욱
단단한 힘을 주고 차의 묵직한 느낌과
대비되는 싱그러운 기운도 전하기
때문이다. 이런 이유로 초는 물론 꽃
그림도 선호한다.

상처를 보듬는 다구 수리, 킨츠기

간간이 1~2개의 잔과 공도배의 이가 나가거나 깨지는 곳이 다실이다. 아무리 내가 기물을 아낀다고 해도 훼손되면 버려야 한다는 점에 항상 스트레스를 받았다. 손가락이 베이거나 차를 우리는 뜨거운 물에 손을 데면 연고를 바르고 반창고를 붙이는 것처럼 기물도 수리할 수 없을까? 그러다 킨츠기(金継ぎ)를 알게 되어 수리를 의뢰했던 적이 있다. 수리받고자 한 기물은 자사호로 오랜 시간 나와 함께해왔던 차호. 좋아하는 나의 기물이 수리가 되어 돌아왔고, 처음에는 알지 못했지만 한 주 사용하고 보니 강력접착본드와 합성 수지인 에폭시 퍼티로 수리가 되어 있었다. 그걸 발견한 날, 큰 충격을 받았는데 머릿속에 딱 한 단어가 떠올랐다. '감히…' 내가 아끼는 기물에 그것도 노차를 마시는 나의 자사호에 본드가? 세제도 절대 닿지 않게 하고 금이야 옥이야 양호건으로 문지르고 찻물을 입힌 나의 자사호에 본드라니. 그렇게 나는 킨츠기 수리를 배울 수 있는 곳을 찾아보기 시작했고 효창공원 인근에 자리한 곳에서 2020년 초 처음 킨츠기라는 도자 수리 방법을 배우게 되었다. 금이 간 곳을 붙이고 금분 또는 은분을 입혀 깨진 자국을 가리는 대신 오히려 돋보이게 만드는데 이를 통해 불완전한 것에서 느껴지는 아름다움, 나의 요변자사와 같은 와비사비의 미학을 가지게 된다.

킨츠기를 익히며 나는 상처 입은 기물에 새로운 생명을 불어넣게 되었고, 이후 킨츠기로 깨진 다구를 수선할 때마다 이는 단순한 고침이 아닌 내가 사용해온 기물을 더욱더 이해하는 시간으로 변해갔다.

깨지고 상처 난 기물의 수리법은 크게 2가지로 나눈다. 자사호 또는 잔, 공도배처럼 직접적으로 마시는 데 쓰거나 접시처럼 음식을 올려두는 용도의 기물은 혼 킨츠기라는 전통 방식으로 천연 성분인 생옻을 이용해 수리를 하고, 오브제나 공도배의 손잡이, 머그잔의 손잡이, 화병 등은 간이 킨츠기라고 해서 합성 재료를 사용한다. 혼 킨츠기 수리에 필요한 생옻은 한 번 굳으면 시멘트보다도 더 강한 접착력을 보인다. 하지만 건조되기까지 오래 걸리는 데다 수리를 하며 건조를 시키는 과정에서 온도와 습도를 잘 맞춰주어야 단단하게 붙기 때문에 수리의 다음 단계를 밟기까지 많은 시간을 기다릴 수밖에 없다. 보통 봄·여름에 수리를 하면 넉넉잡아 2개월 반에서 3개월 정도, 가을이나 겨울 특히 날이 너무 춥고 건조한 겨울이라면 길게는 5개월 정도도 걸릴 수 있다. 생옻은 알레르기 반응을 일으켜 두드러기처럼 간지럽거나 열이 나고 감기 기운 같은 것이 느껴지기도 한다. 반면 수리 시간이 짧은 간이 킨츠기는 합성 재료인 에폭시 퍼티 또는 본드로 수리를 하면 하루 만에 이가 나가고 깨진 기물을 붙이는 작업까지 할 수 있다. 빠르면 하루 만에 기물을 만지고 그 위에 분을 올리는 일도 가능하며 이럴 경우 건조까지 넉넉히 일주일이면 기물을 다시 사용할 수 있다.

4년 정도 도자와 유리를 수리하면서 나의 찻자리를 밝혀주고 나를 도와 차를 품어주는 기물과 더 가까워진 느낌이다. 단골손님들 중 깨진 기물이 있는 분들과 마치 어머니들이 삼삼오오 앉아 뜨개질을 하는 것처럼 함께 모여 수리를 하곤 한다. 서로 관심 있는 주제로 이야기를 나누고 수리를 하며 차도 마시니 이 얼마나 행복한 시간인가.

킨츠기로 수리한 이도다완. 이도(井戶)는
일본어로 사발이라는 의미다. 내가
소장하고 있는 이도다완을 자세히 보면
여러 조각으로 깨진 다완을 생옻과
순금을 사용해 킨츠기로 정교하게 수리한
점이 눈에 띈다. 킨츠기는 파손으로
사라졌을지도 모를 기물에 두 번째 삶을
선사한다. 완전한 다완이었다면 더
아름다웠을지 모르나 킨츠기한 다완은
세상에 하나밖에 없는 나만의 기물이
된다는 점에서 특별하다.

나는 킨츠기로 수리한 이도다완을
오동나무 상자에 보관하고 있는데, 다완이
오동나무의 향을 흡수해 싱그러운 내음이
난다. 가끔 상자에서 다완을 꺼내 두
손으로 감싸듯 잡은 다음 찻잔에 코를 대고
향을 맡으면 숲에 와 있는 기분이 들기도
한다. 이 다완에 말차를 격불해 마실 때면
차가 입 안에서 사라지고 나서도 숲의
향기가 코끝에 맴돌고, 다완에 따뜻한
물만을 담아 마시는 백탕으로도 특유의 향
덕분에 기분 전환이 된다.

킨츠기 수리법

Guide

파손된 기물을 붙이고 난 후 금분이나 은분을 올려 하나의 독창적인 예술 작품으로 탄생시키는 킨츠기는 옻칠 공예의 한 종류다. 유리, 도자, 자사 등 깨진 기물의 성질에 알맞은 수리 방법은 물론 계절에 따른 옻의 농도와 점도 같은 여러 사항을 고려해야 한다. 이번 가이드에서는 차를 담아 마시기 위해 생옻을 접착제로 사용해 수리하는 혼 킨츠기의 대략적인 방법을 소개한다. 혼자서 기물을 수리할 때 완전한 안내서는 되지 않겠지만, 킨츠기가 어떤 과정으로 진행되는지 이해하는 데 도움이 될 것이다.

킨츠기 도구

❶ **헤라(주걱)** _ 옻과 강력분 또는 토분을 섞거나 갤 때 사용한다.
❷ **아트나이프** _ 작은 조각칼로 깨지고 이가 나간 부분에 접착제를 바른 후 단면을 매끄럽게 다듬거나 밀려 나온 접착제를 정돈하는 데 쓰는 도구.
❸ **세필 붓** _ 옻을 섞은 접착제를 수리할 기물에 올리고, 바르고 칠하는 용도다.
❹ **작은 숟가락** _ 안료를 뜰 때 필요하다.
❺ **붓** _ 분을 올릴 때 활용한다.
❻ **유리판** _ 옻과 안료 등 모든 재료를 섞거나 덜어서 쓸 때 유용한 일종의 팔레트.
❼ **금박** _ 깨진 부분을 이어 붙인 위로 장식하는 용도다.

준비물

우루시(옻), 강력분, 토분,
알코올 티슈, 콩기름

6
7
1
2
3
4
5

혼 킨츠기

1. 수리할 기물의 단면을 사포로 갈아낸 후 알코올 티슈로 닦아준다.
2. 기물의 깨진 면과 온전한 면의 경계를 마스킹테이프로 붙여 수리 중 온전한 부분에 옻이 스며들거나 묻지 않게 한다.
3. 옻을 유리판에 소량 던 후 세필 붓을 이용해 수리할 기물의 단면에 얇게 바른다.
4. 휴지를 작게 접어 깨진 단면에 바른 옻을 톡톡 찍어낸다.
5. 조각난 기물은 강력분과 옻을 섞은 접착제로 붙인다. 이렇게 만든 접착제를 무기우루시라고 부른다.
6. 계절에 따라 차이는 있으나 대략 2주 후 건조되면 아트나이프로 접착 시 밀려 나온 무기우루시를 떼어낸다.
7. 중간중간 이가 나가거나 깨진 부분은 토분에 물을 섞고 옻을 추가해 걸쭉한 농도로 맞춘 후 움푹 파인 곳을 평평하게 메워준다. 이를 사비우루시라고 한다.
8. 메워준 부분은 일주일 전후로 건조되는데, 추운 날씨에는 그 시간이 길어지고 더우면 짧아진다.
9. 사비우루시로 메운 부분을 물을 묻힌 사포를 이용해 갈아내 평평하게 다듬는다.
10. 사포로 갈아낸 곳에 생옻을 다시 바르고 휴지를 작게 접어 톡톡 찍어낸다.
11. 칠을 마무리하고 금분, 은분, 주석분 등 기물과 어울리는 색상의 분을 골라서 올린다.

Tip

킨츠기한 다구는 전자레인지나
식기세척기 사용을 피하고,
설거지할 때 수리한 부분은
부드러운 천이나 수세미로
조심스레 닦는 것이 금분이나
은분 등을 오래 유지할 수 있는
방법이다.

4

찻자리를 차리다

모두 공평하다

찻자리는 나를 위한 자리도 있고, 상대를 위하거나 우리를 위해 마련한 때도 있다. 사람과 사람 사이를 잇는 최고의 연결고리인 차와 함께 가족과 친구들 혹은 같이 차를 마시며 정을 쌓아가는 다우들과 대화를 주고받는 자리다.

찻자리의 도구 중 공도배(公道杯) 또는 숙우(熟盂)라고 부르는 기물이 있다. 공도배는 공평할 공(公), 길 도(道), 잔 배(杯)를 써서 공평하게 차를 잔에 따라주는 도구라는 의미를 지니며, 숙우는 익을 숙(熟), 사발 우(盂)를 쓰는데, 물 또는 차를 숙성시키는 사발이라고 볼 수 있다. 공도배는 중국식 표현, 숙우는 한국식 표현으로 부르는 말이 다른 이 그릇은 차를 우릴 물이 너무 뜨거울 경우 옮겨 부어 한 김 식히거나 차의 맛과 향을 더욱 균일하게 하기 위해 쓴다.

공도배 역시 형태와 재질에 따라 다양하다. 손잡이 유무를 비롯한 형태는 물론이거니와 유리, 도자, 자사 등 재질에 따라서도 여러 종류가 있다. 차생활을 시작하는 사람에게는 보통 손잡이가 달린 내열유리 소재의 공도배를 추천한다. 내열유리로 만들어 뜨거운 것에 강하고 투명하므로 자신이 우린 차의 탕색을 확인하며 농도를 맞추기 쉬운 데다 가격대도 저렴한 편에 속하므로 부담 없다. 자주 사용하는 공도배 종류 중 도자공도배는 유리공도배에 비해 차의 온도를 조금 더 길게 유지해주는 장점이 있어 오래 차생활을 해온 이들이 선호한다. 탕색을 직관적으로 확인하기는 어렵지만 시간이 흘러 다기가 손에 익고 뜨거운 것에 익숙해지면 손잡이가 없는 멋스러운 공도배를 찾게 된달까. 차의 맛과 향이 강한 경우 중국 이싱 자사토로 만든 공도배를 쓰면 좀 부드러워지기도 한다. 공도배는 재질도 고려해야 하나 차호의 크기에 맞는 용량을 고르는 것도 조화로운 찻자리를 꾸미기 위해 필요하다. 차를 우리는 온도나 목적에 맞게 다양한 공도배 중 선택하는 것 역시 찻자리를 풍부하게 즐길 수 있는 방법이다.

나는 단순히 차를 식히거나 탕색을 감상하는 용도를 넘어 찻자리에서 누구나 공평하게 차를 즐길 수 있게 한다는 점에서 공도배의 역할이 더 빛난다고 생각한다. 자사호 또는 개완에 차를 우리고 바로 잔에 따라 마실 수도 있지만, 그렇게 하면 찻잎이 가라앉은 아래쪽 물의 농도가 위쪽에 비해 더 진하다. 그 상태로 차를 잔에 나누어 따를 경우 윗부분의 찻물을 받은 사람은 연한 차를, 아래쪽의 마지막 찻물을 받은 사람은 진한 차를 마시게 된다. 또 늦게 받을수록 짧은 시간일지언정 조금이라도 더 오래 우려진 차를 마시기 마련이다. 찻자리에 참석한 누구나 같은 맛과 향이 나는 일정한 농도의 차를 마실 수 있도록 공도배를 사용한다. 공평하게 차를 나누기 위해 사용하는 공도배는 그 잔의 주인이 누가 되었든지 차별하지 않는다. 공도배 하나 있으면 그 찻자리에 모인 사람들이 계급 또는 신분에 관계없이 모두가 동일한 선상에서 차를 맛보게 된다. 그런 공도배의 의미 때문인지 나는 찻자리에서 모든 걸 공유할 수 있는 용기가 생기는 것 같다.

©이수연

자연스럽게 흘러가는 대로

다구를 사용해 처음 차를 우리는 경우 또는 협소한 공간에서 차를 내려야 할 때 찻자리 차림은 정말 중요하다. 손이 움직이는 방향을 고려해 최소한의 동선으로 차를 우리는 팽주뿐만 아니라 앞에 앉아 수려하게 우려지는 차를 바라보는 다우들도 다치지 않게 그리고 차를 우려내는 다구 역시 파손 위험 없이 안전하고 아름다운 찻자리를 만드는 것이 목적이다.

물을 떠올려보면 언제나 한쪽으로 흐른다. 차를 우리는 물 역시 한쪽으로 흐를 수 있도록 찻자리 동선을 만드는 것이 먼저다. 오른손잡이를 기준으로 설명하자면 가장 오른쪽에 물을 끓이는 전기포트, 그 앞에 차를 우릴 수 있는 차호(자사호, 개완, 다관), 그 앞에 공도배 순으로 나란히 배치한다. 그러면 차호를 들고 있는 손을 이리저리 꼬여 어수선하지 않은 동선으로 사용할 수 있으며, 도구들도 넘어지거나 깨지지 않도록 지켜줄 수 있다. 이렇게 찻자리의 다구를 자신에게 맞는 위치에 정리해두면 차를 마실 때마다 손에 익은 동선으로 인해 더 편하고 즐거워진다. 자사호, 공도배, 개완 외에도 내 손에 익고 나의 손과 하나가 된 다구들을 아끼고 사랑하는 마음이 담겨서인지 함께 둘러앉은 사람들에게도 편안한 기분이 전해진다.

다구를 동선에 맞게 배치하는 두 번째 이유는 바른 자세로 차를 우리기 위함이다. 용량 600mL가 넘는 전기포트, 1L가 넘는 탕관을 들고 자사호, 개완에 물을 넣으면 어깨와 손목이 아플 때가 있다. 필요 없는 동선을 줄이기 위해 자신의 테이블과 공간에 맞는 찻자리가 필요한 이유다. 건강한 일상을 영위하고자 차를 찾는 사람이 많다. 허리를 곧게 세우고, 팔꿈치가 손목보다 올라가지 않은 높이에서 우려야 어깨가 아프지 않다. 항상 바른 자세를 지킬 때 지속 가능한 차생활이 됨을 잊지 말자.

칠분차 삼분정

오늘 마실 차를 고르고, 다구들을 챙긴 다음 마지막으로 차와 어울리는 찻잔을 꺼내면 찻자리가 시작된다. 어떤 차를 마실지에 따라 각기 다른 잔을 사용하는 재미가 쏠쏠한데 우롱차처럼 향이 풍부한 차는 좁고 높은 잔에, 해가 쨍쨍하게 내리쬐는 더운 날엔 맑고 시원해 보이는 유리잔에, 봄·여름철 온도가 낮은 물에 우리는 녹차나 백차 같은 차는 낮게 옆으로 퍼진 잔에, 노차 또는 시간이 만들어준 차들은 골동 잔에 즐기곤 한다.

마시고자 하는 차에 알맞은 잔이 다르고, 잔을 잡는 방법 역시 다양하나 나는 삼용호정(三龍護鼎)을 지키며 잔을 잡으려고 한다. 삼용호정이란 찻잔을 엄지와 검지로 잡고 남은 세 손가락을 찻잔의 굽 밑에 두는 방법을 말하며 찻잔 밑의 세 손가락이 세 마리의 용이 되어 나의 찻잔을 지키고 받친다는 의미로 사용된다.

삼용호정의 방법으로 찻잔을 잡기 위해서는 잔에 따르는 차의 양이 중요하다. 엄지와 검지로 찻잔을 잘 잡아야 하는데 두 손가락이 닿는 부분까지 차가 채워져 있으면 뜨거울 수 있으니 잔의 3할 정도는 비워둔다. 이렇게 차를 잔의 7할을 채우고, 남은 3할은 잡았을 때 손이 뜨겁지 않게 배려한다는 뜻에서 이를 칠분차 삼분정(七分茶 三分情)이라고 한다. 다시 말해 차는 잔의 70%를 따라주고 남은 30%는 나의 정을 채워준다는 것.

찻자리에서는 의미를 가지지 않는 게 없다. 잔에 차를 따르고 나누고 그 차와 시간을 음미하는 것이 찻자리의 시작이다.

계절을 들이다

계절에 따라 마시는 차가 다르듯 계절마다 나의 찻자리를 뽐내는 방법도 여러 가지다. 다구를 바구니에 잘 챙겨 넣어 산으로 들로 나가서 차를 마신다면 한없이 좋겠지만, 다실의 작은 테이블 위에 자연을 옮겨놓는 방법이 없을까 고민하며 찻자리를 준비한다. 이런 궁리 자체로 찻자리를 차리는 또 한 번의 즐거움을 느낀다.

숲이나 공원을 산책하며 주운 잎이 붙은 나뭇가지를 올려두어도 좋고, 수석 또는 괴석도 마찬가지로 나의 공간에 커다란 산을 옮겨온 듯한 느낌을 준다. 월하보이 다실 뒤편에 정독도서관이 있다. 벚꽃이 피고 지는 시기에는 많은 사람이 이곳에 모여 꽃놀이를 즐긴다. 가끔 점심때쯤 그곳에서 10~15분 산책을 한다. 걷다 보면 가지와 함께 바닥에 떨어져 있는 꽃을 발견하곤 한다. 그러면 조심히 손에 올리는데, 이렇게 모은 꽃과 가지를 다실로 가지고 와 작은 화병에 꽂아 차판 옆에 살며시 밀어 두면 나는 또 이렇게 꽃가지를 나의 찻자리에서 볼 수 있다. 차를 마시다 보면 우거진 숲 속에서 차나무가 자라는 모습이 그려지고, 그 찻잎을 우려 지금 마시고 있다는 생각이 들곤 한다. 나는 나무가 많고 그늘진 산보다는 바위가 많은 산에서의 차 맛이 좋다고 생각하기에 세월의 풍파를 맞은 괴석, 수석을 곁에 두고 차를 마시기도 한다. 이때 나는 찻자리에 큰 산을 들인 것이고, 곁에 바위를 둔 것이다. 이보다 더 차의 맛을 올려줄 수 있는 게 또 무엇이 있으랴.

차를 마시며 행복감이 차오를 때 입가에 살며시 미소가 떠오르고 심장이 두근거리기도 한다. 카페인 때문인지, 지금 입 안에 머금은 차가 느끼게 해주는 향 때문인지 혹은 맛으로 전해지는 달콤함 때문인지 헷갈릴 수도 있지만, 때로는 이 모든 것이 전하는 만족감일 수 있다. 이 또한 차를 즐기는 묘미라고 생각한다.

어머니는 매번 다실에 계절을 담은 꽃꽂이를 해주신다. 한 주는 동양 꽃꽂이를, 또 한 주는 이케바나를 하고, 또 다른 주는 내가 좋아하는 꽃을 흐드러지게 꽂아주시는데 감상하는 즐거움이 매번 다르다. 가을에 동네 분이 예쁜 호박을 가져다주시면 찻자리 위에 올려둔다. 단풍잎이나 감을 들이는 것 역시 가을 찻자리를 즐기는 방법이기도 하다. 겨울이 오면 솔방울을, 봄과 여름에는 벚꽃부터 싱그러운 식물까지. 이렇게 계절의 변화를 느끼며 그날에 어울리는 차를 고르는 순간순간이 좋다.

©이수연

나의 차총, 구리

나의 찻자리에는 귀여운 차 친구들이 있다. 개구리뿐만 아니라 돼지, 강아지, 두꺼비 모양의 여러 친구가 놓여 있는데 이들을 다우라고 부른다. 다른 표현으로 차인들이 총애하는 것이라고 해서 차총(茶寵)이라고 칭하기도 한다. 차 다(茶), 벗 우(友), 사랑할 총(寵)의 의미를 지닌 내 찻자리에 초대된 친구 겸 손님이며 혼자 차를 마실 때에도, 2~3명이 함께 마실 때에도 언제나 곁에 있어준다.

이런 다우는 곁에서 귀여움만 뽐내는 것이 아니라 습식으로 차판을 사용할 때 유용하다. 함께 찻자리를 하는 분들에게는 퇴수기를 드리고, 나는 세다를 하거나 퇴수를 해야 할 때 차판 위의 친구에게 나의 차를 나누어 준다. 차판에 그냥 물 또는 차를 부었을 때에는 굴곡진 차판 때문에 물이 튀는 위험이 있으나, 다우에게 나누어 줄 때에는 찻물이 다우를 타고 흘러 물이 튀는 것이 방지된다.

'구리'라는 이름의 다우는 나와 차생활을 한 지 어느새 8년이라는 시간이 지났고 녹차부터 흑차까지 가리지 않고 두루두루 차를 좋아하는 친구로 곁에 있어왔다. 노란 단니의 자사토로 만들어 연한 베이지색이 나는 구리는 보이차를 좋아하는 주인 때문에 어느새 어두운 갈색으로 태닝한 개구리가 되었다. 월하보이를 오픈한 후 한 번도 내 곁에서 떠난 적 없는 구리는 손님들에게 얼굴을 보이기 위해 항상 나에게서는 등을 돌리고 앉아 내가 나누어 주는 차를 마신다.

한 번씩 혼자 차를 마시다 너무 보고 싶을 때에는 얼굴을 마주할 수 있게 두곤 하는데 그럴 때마다 우리 집에 있는 나의 사랑하는 고양이 상남이와 귀염둥이 막내 강아지 탄이를 보는 것 같은 느낌에 심장이 찌릿해진다. 이상할 정도로 정이 가고 사랑스러워 한자 총(寵)의 '특별히 귀여워하고 사랑한다'는 의미를 알게 되었다.

어렸을 때부터 돌 줍는 걸 좋아했다. 부모님과 바닷가에 놀러 가서 누가 누가 더 예쁜 돌을 찾는지, 더 특이한 모양의 돌을 찾는지 내기를 했다. 항상 작고 멋진 돌을 찾던 나는 지금도 돌 줍는 걸 좋아하는 어른으로 자랐다. 친한 언니와 캠핑을 가서도 바닷가에 나가 예쁜 조개껍질과 물에 쓸리고 바닥에 갈려 맨질맨질해진 나무와 돌을 주워서 주머니 빵빵하게 돌아오고 길을 걷다가도 돌만 있으면 주위를 쓱 둘러보고 주워 왔다. 그렇게 모은 작은 친구들과 돌들도 한 번씩 나의 찻자리에 초대하곤 한다. 다우는 자사로 주먹만 하게 만든 작은 동물 또는 과일 모양이거나 도자로 빚은 친구 혹은 여행을 다니며 바닷가에서 주운 작은 조개껍질이나 길가의 작은 돌멩이가 되기도 한다. 그저 내가 함께 차를 마시며 나눌 수 있는 것이라면 그게 무엇이든 나의 찻자리에 초대한 다우가 된다.

한번은 스님이 "월하보살, 좋은 기운을 주니 옆에 두고 차를 마셔봐" 하며 수정 하나를 툭 하고 선물해 주신 적이 있다. 난생처음 주먹만 한 크기의 보랏빛 수정을 다우로 두며 또 한 번 느낄 수 있었다. 내가 초대하면 뭐든 내 찻자리에 놓일 수 있다는 것을.

다회의 즐거움

다회란 차를 마시는 사람들의 모임 또는 찻자리의 주인인 팽주를 중심으로 한 회합을 가리킨다. 차를 즐기고 사랑하는 이는 물론 차에 아주 조금의 궁금함, 관심이라도 있다면 누구나 참여할 수 있는 자리다. 다회 때는 그동안 접하지 못했던 새로운 차 또는 팽주가 추천하는 계절에 맞는 차부터 다회 참석자들이 비용을 1/N로 분담한 값비싼 차까지 나눠 마셔볼 수 있다는 장점도 누린다. 평소 기호에 맞는 차만 마셨을지라도 다회에서만큼은 새로운 시도를 해볼 수 있다. 한마디로 새로운 차에 도전하고 싶다면 누구나 환영하는 시간이다. 어떻게 하면 이 차를 더 맛있게 마실 수 있을지, 어떤 다구에 우리면 좋을지 배우는 측면도 있다.

사실 다회에는 별다른 격식이 필요 없다. 하지만 여럿이 모여 차의 맛과 향에 집중하는 시간이므로 향이 진한 향수나 핸드크림, 손소독제는 바르지 않고 오길 권한다. 한 손에 들어올 만큼 작은 잔과 두 손을 모으면 잡히는 자사호나 개완을 손으로 감싸서 차향을 맡을 때 핸드크림 등의 냄새가 차 본연의 향을 해칠 수 있어서다. 다회 중 맡는 건엽의 향, 잔에 남은 잔향은 은은하게 느껴지는 미세한 향이다. 세심하게 집중해 향을 찾아가는 여정에 방해가 되지 않도록 약간의 신경을 쓰면 더 즐거운 찻자리가 만들어진다.

다회를 하다 보면 내가 느낀 차의 청포도와 풋사과 향을 옆자리 사람이 감지하지 못하는 경우도 있고, 앞의 두 사람이 느꼈던 향과 맛을 다른 참석자들이 알아채지 못할 때도 종종 있다. 이렇게 서로 다른 사람들이 모여 저마다의 관점에서 맛을 표현하고 생각을 공유하다 보면 차에 대한 풍부한 해석이 가능해진다. 접해보지 못한 차에 대한 새로운 지식이 생김은 물론 특정한 도구로 차를 우리는 법에 대해 토론하는 시간으로 변모하기도 한다. 또 서로 기호가 다른 사람들이 새로운 차에 대한 호기심을 채우게 되며, 더 큰 궁금증이 생기기도 한다. 특정한 차의 맛과 향을 찾아 떠나는 여정이 시작된 것이다.

다회를 하면 서로 좋아하는 차 또는 선물 받아 어떻게 마셔야 할지 모르는 차, 구매하고 아직 시음을 해보지 못한 차를 가져오는 경우가 많다. 때로 보이차도 뚝 잘라서 가지고 오는 이들도 있고, 나누고자 하는 아름다운 마음으로 소분해서 오는 고마운 사람들도 있다. 다회를 통해 맛있는 차의 경험이 쌓여간다.

봄이 오는 소리와 함께 길가의 나무에 새순이 움틀 때, **입춘다회**
신선하고 맑으며 사랑스러운 우리나라의 녹차를 만날 수 있는 **곡우다회**
여름 햇살이 강해지며 시원한 차를 찾게 될 때에는 **입하다회**
낮이 가장 길어지는 때 은은한 빛을 받으며 늦은 저녁까지 함께하기 좋은 **하지다회**
밤이 길어지면 물 끓는 소리로 공간을 채울 수 있는 **추분다회**
큰 눈이 온다고 하는 절기, 쌀쌀한 겨울에 포근함을 찾을 때는 **대설다회**
한 해를 마무리하며 고요한 차의 흐름을 깊게 느낄 수 있는 **동지다회**

월하보이에서는 매주 또는 매달 계절에 따른 다회를 진행하며 송년다회 또는 차 산지의 지역별로 다회를 열기도 한다. 가끔 차 산지로 출장을 다녀오고 나서는 그 지역의 차로 다회를 하는데 산지에서 직접 보고 품평한 후 골라온 차들로 전문적인 자리를 가지기도 한다. 차 애호가라면 놓치기 아까운 다회다. 이렇게 다회를 통해 한 해의 절기를 알고 차를 알아가는 시간, 찻자리에서 매일 차에 대한 새로움을 발견한다.

Guide

차에 갓 입문해 처음부터 완벽하게 찻자리를 차리기가 부담스러운 사람들에게는 다시백만 한 도구가 없다고 이야기한다. 다이소 또는 온라인에서 50장에 2000원이면 구매할 수 있어 사무실이나 집, 때론 야외 어디에서든 장소에 구애받지 않고 차를 마시고 싶으면 가볍게 시도하기 좋은 다구가 바로 다시백이다.
최소한의 다구 3가지만으로도 충분히 찻자리를 세팅할 수 있다. 차를 우릴 차호, 공도배, 잔이다. 이른 아침 하루를 여는 차, 퇴근 후 잠자리에 들기 전 가벼운 찻자리도 이것으로 충분하다. 이렇게 작게 시작해 필요한 대로 하나씩 두 개씩 자신의 손에 맞는 기물을 고르는 것도 차생활을 하는 큰 재미다. 다시백에서 부족함을 느끼면 그다음 도구인 유리로 된 다관 또는 경덕진 흙으로 만든 손으로 잡기 편한 개완, 작고 아름다운 한국 작가들의 개완으로 확장된다. 그리고 보이차에 조금 더 집중해서 또는 맛과 향을 끌어올려 마셔보기를 원하는 사람들이 마지막 단계인 자사호에 입문한다.
점점 차와 가장 잘 맞는 여러 다구를 사용해 식탁, 책상 또는 내 방에 나만의 찻자리를 만들기를 거듭할수록 더 많은 다구를 소장하고 싶어지는 것이다. 나 또한 자사호도 개완도 남부럽지 않게 가지고 있지만 사람의 욕심은 끝이 없고…. 다른 크기, 색상, 모양과 질감의 다구를 점점 더 원하게 된다.

❶ 차칙
❷ 차시
❸ 차침
❹ 차협
❺ 차루
❻ 양호필
• 찻잎용 집게

다예육건

풍요로운 찻자리를 위한 다구

3가지 도구로 차생활을 하다가 차츰 늘릴 때
선택 가능한 다구의 가짓수는 정말 많은데,
찻자리를 돕는 여러 다구를 하나씩 갖추다 보면
더욱 풍요로운 차생활이 된다.

1. 물을 끓일 주전자 또는 탕관
2. 다예육건

❶ **차칙** _ 차를 퍼서 옮기는 데 쓰는 차 스푼 같은 도구
❷ **차시** _ 다하에 놓은 차를 다관에 밀어 넣기 편리하며 위쪽의 뾰족한 부분을 차침으로 사용해 자사호의 출수가 찻잎으로 막혔을 때 뚫을 수 있다.
❸ **차침** _ 자사호의 출수가 찻잎으로 막혔을 때 뚫는 용도
❹ **차협** _ 잔 집게라고도 한다. 뜨거운 차탕이 담긴 잔을 잡을 때 또는 옮길 때 사용한다.
❺ **차루** _ 차호에 찻잎을 넣을 때 깔때기처럼 한곳으로 모아주는 도구
❻ **양호필** _ 자사호의 양호를 도와주는 붓

3. 습식 차판 또는 반습식 반건식의 호승
4. 하루 또는 한 주 마실 차를 넣어두는 차통
5. 차호에 넣기 위해 찻잎을 담아 운반하는 데 쓰는 다하
6. 마시던 차나 식어버린 차, 또는 다음 차로 넘어가기 위해 찻잎을 버릴 때 사용하는 퇴수기
7. 차를 우리는 다구인 자사호, 개완, 다관
8. 공평하게 나누어 줄 수 있게 우린 차를 담는 공도배(숙우)
9. 잎이 작거나 개완에 서툰 사람을 위한 거름망
10. 찻잔
11. 찻상에 흘린 차와 물을 닦는 데 쓰는 다건 / 자사호를 양호할 때 필요한 양호건
12. 찻잔을 받쳐주는 차탁(다탁)
13. 자사호 또는 개완, 다관의 뚜껑을 올려놓는 개치(개반)

편하고 가볍게 가지는 찻자리에 크게 유용한 도구를 꼽자면, 자리를 많이 차지하지 않는 호승, 퇴수기, 차탁(다탁, 잔 받침), 차협(잔 집게), 개치가 있다. 이를 갖추면 3가지만 있던 찻자리에 많은 도움이 된다.

5

다실을 열다

차담을 나누는 곳

다실에서는 차가 주인공이다. 차에 대한 이런저런 이야기가 오가는 이곳에서는 모두가 공평하다. 중국 다실 중에는 출입문이 낮아 고개를 숙이고 들어가야 하며 테이블과 의자 또한 모두 낮아서 자연스레 차와 공간 그리고 팽주와 다우들에게 예를 갖추게 하는 곳도 있다. 나는 그런 형태의 다실을 이상적이라고 생각한다. 중국차는 끽다라고 해서 공부차 스타일로 많이 즐긴다. 공부차란 자사호를 사용해 정성으로 정교하게 차를 우리는 기법 중 하나인데 이를 통해 도를 얻을 수 있다.

서로 나누고 공유하며 지나가던 나그네도 앉아서 함께 차 한잔 기울일 수 있는 분위기의 찻자리가 좋다. 차를 마시면서 차를 나누는 시간은 단순히 차의 맛과 향을 함께 즐기는 것이 아니라 심적으로 또 정신적으로 치유받고 공감할 수 있는 순간이라고 생각한다. 차가 물에 닿아 일렁이는 모습 혹은 점점 짙어지는 탕색을 보면서 마음의 안정을 느끼기도 한다. 멍하니 찻물이 우러나는 것을 보며 나 자신도 돌아볼 수 있는, 그렇게 작고 조용한 다실에서 머물며 차를 다룬다.

항상 밖에서만 차를 마시지는 않는다. 나의 기호에 맞는 차와 다구를 찾은 다음에는 오히려 집에서 찻자리를 갖는 경우가 더 많다. 언제든 물만 끓이면 차를 마실 수 있도록 집에 다실을 꾸미거나 주방 또는 자신의 방 한편에 차를 마시는 공간을 작게 만들어보면 어떨까. 차 애호가가 집에 다실을 만들 때 가장 중요하게 생각해야 할 3가지는 차를 보관하는 위치, 팽주가 바라보는 자리, 손님이 바라보는 창이다. 차 보관은 직사광선이 들지 않는 등 환경 조건을 우선 생각해 정하고, 그다음은 차를 꺼내기 쉬운 곳인지를 살핀다. 특히 보이차는 오래 보관하기 때문에 좋은 위치를 정해야 한다. 지친 몸을 이끌고 집으로 돌아가 그날 마실 차를 꺼낸다. 그리고 차를 마시며 계절이 오고 가는 것을 보고 느낄 수 있는, 밖의 나무에 새순이 올라오는지, 낙엽이 지는지를 볼 수 있는 창문 앞 자리에 앉는 게 좋겠다.

아끼는 마음이 담긴 공간

중국 광저우 지역 출장에서 낮은 문을 열고 들어가면 사람들이 옹기종기 모여 도란도란 차를 나누어 마시고 있는 다실을 발견한 적이 있다. 그 길을 지나는 누구라도 들어가 차를 한잔 마실 수 있었고, 의자와 테이블이 낮아 위로 떠 있는 게 아닌 아래로 묵직하게 가라앉는 느낌을 앉은자리에서도 느낄 수 있었다. 커다란 백팩을 메고 가족들과 들어간 그곳에는 정말 80대 할머니부터 동네 가게 사장님의 어린아이들까지 모두 모여 계절 과일을 먹으며 차를 즐기고 있었다. 그 자리에 우연히 함께했는데, 낯선 이방인인 우리 가족까지 환영하는 다실이었다. 격식 없이 새로운 차를 나누는 자리로 오랫동안 기억에 남아 있다.

또 한번은 홍콩의 한 갤러리를 방문했을 때였다. 여러 가지 작품과 골동을 보며 갤러리의 대표님과 이야기를 나누던 중 우리 가족에게 차를 내주겠다며 안쪽으로 안내했다. 그곳은 전문 다실도 차를 판매하는 곳도 아닌, 본인이 아끼고 좋아하는 기물을 갤러리 한편에 모아두고 사용하는 개인의 작은 다실이었다. 4~5명이 앉을 수 있는 크기의 테이블 위에는 차를 우릴 도구와 물을 끓일 수 있는 탕관이 준비되어 있었다. 격식도 많은 준비도 필요하지 않은 소박하고 소소한 공간이었지만 어쩐지 눈길이 갔다. 그곳에서 대접해 준 차는 멋을 부리지도, 차를 우리는 행동에 힘을 주지도 않은 정말 순수한 차였다. 차를 좋아하는 가족에게 차를 대접하고 싶어 하는 마음만 가득했다.

세상에는 차를 다루는 무수히 많은 가게와 다실이 있다. 이곳들은 각자의 분위기와 온도, 기운이 다르다. 최대한 많은 곳을 다니며 팽주와 이야기를 나누면 그때마다 차와 기물에 대해 자세히 설명을 듣고 배우게 되는데 그렇게 차생활이 더 깊어진다.

보름달 아래의 풍류

어렸을 적부터 차는 나의 삶에 들어와 있었다. 학교가 끝나고 부모님의 손을 잡고 인사동 거리를 걸으며 중간중간 표구사 사장님과 인사도 하고 보이차 전문점에 놀러 가기도 했다. 겉모습은 무섭지만 너무 좋으신 아저씨들과 아버지가 차를 나눌 때에도 나는 무릎에 앉아서 자사호나 옥으로 된 돼지 등을 가지고 놀곤 했다. 그렇게 편하게 격식 없이 마시는 차가 너무 좋았고 내가 차를 좇는 게 아니라 차가 나의 생활로 자연스럽게 들어왔다는 것에 부모님께 항상 감사드린다.

나의 태몽은 어머니가 꾸셨는데 커다란 해가 대문을 지나 대청마루에 앉아 있는 어머니에게 쓱 안겼다고 한다. 내가 해와 달을 좋아하는 게 그래서인가 할 정도였는데 특히 달의 모양을 어렸을 때부터 사진 찍으며 매일 확인하곤 했다. 그리고 차생활을 하면서는 찾아 오는 분들이 느낌적으로 실외에서 휘영청 떠오른 보름달 아래서 풍류를 만끽할 수 있는 다실을 만들고 싶었다. 그런 이유로 달 아래에서 마시는 보이차를 뜻하는 월하보이라고 다실 이름을 지었다. 이곳은 가족이 외식을 하거나 일을 마친 후 모여 차를 음미하고 이야기를 나누는 아지트이기도 하다. 처음에는 혼자 또는 가족과 차를 마시고 있을 때 동네 분들이 들어오셔서 한두 잔씩 차를 나누어 먹고, 마음에 드는 차를 구매해 가는 공간만으로도 충분히 즐거웠다. 날이 지날수록 점점 찾아오는 분이 많아지자 부모님이 오랜 시간 소장해두었던 노차를 소개하거나 내가 알고 있는 차에 관한 이야기, 지식 또는 이론, 내가 경험한 모든 것을 나누고 싶어졌고 수업을 하고 다회를 열게 되었다. 그리고 차에 대한 개인

연구와 공부를 겸하며 나와 차의 세계를 넓히는 공간으로서 4년째 함께하고 있다.

월하보이는 북촌, 화동에 네모반듯한 건물이 아닌 비정형의 건물이 비스듬히 기울어진 오르막에 위치해 있다. 와비사비, 완벽하지 않은 것에서 아름다움을 느끼는 나로서는 다실이 반듯하지 않은 붉은 벽돌 건물이라는 것에 더 마음을 빼앗겼다. 월하보이에 들어오자마자 정면으로 보이는 축대는 벚꽃이 아름다운 정독도서관이 있기 전 지금은 서울 강남구 삼성동으로 이전한 구 경기고등학교의 120여 년 된 축대로 3주간의 복원 공사 끝에 그대로 살린 것이다. 옛것에서 새로운 것을 발견하는 신구의 조화를 추구하는 나의 철학이 고스란히 담겨 있으며, 이곳에서 나는 빠른 것들에서 벗어나 느림과 기다림을 배운다.

약간 어두운 정도의 조도라 눈에 자극적이지 않고, 차에 알맞은 온도를 유지하고 있는데 이런 공간은 사람에게도 편안하다. 월하보이의 첫인상을 만들어줄 고재 칸살문을 열고 들어오면 만날 수 있는 축대에서 봄·여름에는 시원함을 느끼고, 가을·겨울에는 동굴에 온 것처럼 폭 감싸인 듯한 아늑한 인상을 받는다. 바쁜 서울의 한가운데에 자리한 북촌에서 월하보이 문을 열고 들어와 바깥 세계와는 완전히 다른 분위기에서 온전히 자기 자신을 마주하고 느끼며 차를 알아가길 바란다.

시선, 소리, 빛

머물고 싶은 다실은 어떤 조건을 갖춰야 할까. 많은 고민 끝에 디테일이 모든 것을 결정한다는 사실을 알았다. 다실은 단순히 차만 마시는 공간이 아니다. 차를 보관하고 있는 곳이기도 하므로 온도와 습도가 중요하다. 게다가 덥거나 추운 환경에서 차를 온전히 느끼기 어려우므로 이상적인 온도와 습도 유지에도 신경 쓰고 있다.

공간에 어울리는 가구, 의자 또한 중요하다. 한번 다회를 시작하거나 여러 차를 마시면 오래 앉아 있어야 하기 때문에 너무 딱딱하거나 등받이가 없는 의자는 허리가 아플 수 있다. 그래서 고심해 고른 것이 고재로 만든 의자와 책상인데 이렇게 앤티크 가구와 기물들이 있지만 중간중간 덴마크 가구와 작품도 공간에 어우러져 있다. 옛것과 모던한 것을 섞어서 누구나 친근한 느낌을 받을 수 있도록 꾸민 까닭이다.

해외로 출장을 가면 차와 기물을 살피는 일 외에도 여러 박물관과 갤러리를 두루 돌아다니며 새로운 것을 보고 느끼고 담아 온다. 그러고 나면 사람들과 나누고 싶은 마음이 커지기에 다실에서 그 경험을 공유하고 있다. 우리 가족은 미술품 역시 차와 다구처럼 수집하길 즐긴다. 부모님은 물론 나 또한 아트 작품을 수집하고 있는데 오래 바라볼수록 새로운 매력을 발견하게 되는 아트 피스를 좋아한다. 월하보이에 오는 분들이 차와 문화 또한 함께 느끼길 바라는 마음에서 가족들과 즐겨 감상하는 작품을 계절에 따라 바꾸어 걸어두고 있다. 처음 다실을 오픈했을 때에는 단색화 작가인 박서보와 윤형근, 이배의 작품을 걸었다. 단색화가 주는 차분함이 월하보이의 분위기와 조화를 이루는데, 이 외에도 찻자리에 앉은 사람들이 바라보기에 마치 정면에 창이 있는 듯한 베르나르 뷔페의 작품도 흥미롭다. 여기에 여백의 미가 있는 담백한 고서화도 두는데 특히 조선 후기 화가인 양기훈의 난초와 괴석이 담긴 작품은 감상하는 내가 그 시절에 있는 듯한 기분이 든다. 게다가 종이에 그린 작품이 잘 보존되어 지금까지 많은 이에게 감동을 전한다는 점에서 특별하기도 하고.

차에 대해 나누는 서로의 대화, 맛과 향이나 차명상을 할 때 집중력을 해치지 않는 수준의 음악을 틀어둔다. 주로 명상 음악과 엠비언트 사운드다. 조도 역시 중요한데 눈이 피로함을 느끼면 두통이 오거나 집중력이 흐트러지기 쉽다. 또한 눈이 부시거나 빛이 반사되었을 때 찻잎이 제대로 보이지 않을 수도 있으므로 따뜻한 색의 조명으로 눈이 피로하지 않게 조도를 맞춘다. 다만 찻잎을 확인하거나 탕색을 제대로 보기 위해 너무 어둡지 않은 빛을 사용한다.

손님을 맞이하며

하얀 백자 개완에 담긴 마른 찻잎이 물을 머금어 점점 부풀어 오르고 차가 우러나 물 속에서 붉게 퍼질 때, 마치 먹이 흰 종이에 번지는 듯한 형상을 보며 마음의 안정감을 얻는다. 물에 우린 차의 맛만 보는 게 아니라 마른 찻잎인 건엽, 젖은 찻잎인 엽저에서 나는 향을 맡고 찻잎을 만져보기도 한다. 차는 정말 대단한 매개체다. 대화의 포문을 열고 화제를 끌어내기도 하는 등 하나의 소통 창구 역할을 한다. 나의 컨디션과 기분, 날씨에 따라 차로부터 위로를 받기도 하고. 월하보이를 찾아주는 손님들에게 그런 기분을 안기는 차를 소개하는 게 나의 일이다.

다실에 오는 분들에게는 가진 저마다의 기호와 컨디션에 맞춰 차를 추천해드린다. 아침 빈속에 마시기를 원하는지, 퇴근 후에 하루를 마무리하는 차원에서 차를 접하려 하는지, 또 몸에 열이 많은지 적은지도 고려한다. 보이차라면 이 차를 묵혀서 내년 또는 내후년에 맛보길 원하는지, 지금 당장 마시기 좋은 차를 찾는지에 따라서도 추천하는 차가 달라진다. 지금 당장 맛있게 마실 차를 찾는다면 계절에 맞춰 고르기도 한다. 그러다 보니 손님 한 분 한 분과 대화를 정말 많이 하게 된다. 대화가 깊어질수록 마치 개개인에게 차를 '처방'하는 기분으로 더 알맞은 차를 추천할 수 있기 때문. 덧붙여 다실에서 시음해보고 구매하는 데서 나아가 집에서도 사무실에서도 어떻게 차생활을 기분 좋게 유지할 수 있는지 알려드리는 것 까지를 나의 역할로 삼고 있다. 내가 차를 좇는 게 아니라 차가 나의 생활로 자연스럽게 들어와서 삶의 일부가 될 수 있게 도와드리고자 한다.

단순한 차 소개를 넘어 다실에서는 특별한 수업도 진행한다. 요즘 매주 수요일 자폐 스펙트럼 장애를 가진 아이들에게 차 수업을 하고 있다. 천사 같은 이들이 다실로 와 차를 배운 지 벌써 1년 6개월이 훌쩍 넘었다. 아이들이 좋아하는 차는 다양하다. 녹차 중 찻잎이 가장 긴 태평후괴를 즐기거나 "전부 맛있어요, 선생님!" 하며 모든 차에 두루 감탄하기도 한다. 수업 내내 말을 많이 하지는 않지만 보이차의 농후한 맛을 천천히 느끼며 흙과 나무 그리고 땅의 맛이 난다고 차의 감상을 전하는 등 온전히 차를 느끼며 마음의 대화를 더 많이 나눈다. 첫 수업 때 아이들은 천천히 숫자를 세는 것조차 힘들어했는데, 이제는 물의 온도를 알맞게 맞추고, 우리는 시간은 초를 세며 기다린다. 뜨겁지 않은 따뜻한 차도 호호 불어 식혀 마시고 미지근한 물이 들어 있는 잔도 잡기 어려워하던 날은 사라지고, 지금은 뜨거운 잔도 쉽게 집어들어 삼용호정으로 잡고 차를 마신다. 수업 때마다 이런 모습을 지켜보고 있노라면 마음에 큰 행복이 스민다. 근래 들어 이렇게 뿌듯한 마음이 들었던 적이 또 있었나 싶은 순간이다.

스승의 날에는 특별한 선물을 받기도 했다. 고사리 같은 손으로 글라스데코를 이용해 그림을 그려 줬는데, 차 수업에서 배운 여러 가지 다구의 이름을 그림 옆에 꼼꼼히 써둔 것도 잊히지 않는다. 한 학기가 끝나는 날에는 편지를 적어 주기도 하는 등 나와 아이들 사이에 차로 연결된 유대감이 쌓여가고 있는 나날이다. 스스로 차를 내려 마시고 같이 수업 듣는 친구들의 잔에 차를 따를 수 있게 된 이 아이들을 보면서 차는 어른들만을 위한 기호식품이거나 음료가 아닌 정말 누구나 즐길 수 있는 것이며 또 화합으로 이끄는 그 이상의 것임을 알게 된다.

다실을 찾아주는 손님 몇 분에게 여쭤본 적이 있다. 무엇에 끌려 월하보이를 왔느냐고. 나의 질문에 손님들은 월하보이의 맑고 맛있는 차 때문에, 팽주인 나를 보기 위해 혹은 함께 나누는 차담과 공간이 주는 힘에 끌려서라고 답했다. 월하보이 바로 앞에 있는 차도 위 바삐 오가는 차를 피해 길을 건너 고재문을 열고 들어서면 눈앞에 보이는 축대와 포근한 공간이 주는 안정감이 마음을 채운다. 동굴 속으로 들어온 것 같은 느낌의 차분한 공간에서 나누는 차담은 이루 말할 수 없이 편안하고 평온하게 만들어준다. 그런 다실을 열고 운영하는 나로서는 다실을 찾아주는 모든 이에게 선한 영향력을 끼치며 그들의 지속 가능한 차생활을 돕는 역할을 한다면, 그걸로 충분하다.

부록

월하보이티 큐레이션 15

취향에 맞는
차를 찾는 여정에
도움이 되어줄
계절에 따르는 추천 차

봄

차가웠던 바람이 부드럽고 따스하게 바뀌면 비로소 봄이 왔음을 깨닫게 된다. 이때에는 차 역시 살랑살랑 불어오는 봄바람처럼 여리면서도 싱그러운 맛이 매력적인 백차가 생각난다. 봄볕이 따사롭게 내리쬐는 날에는 마치 달걀흰자로 몽글몽글하게 거품을 낸 머랭처럼 목 넘김이 보드라운 노백차가 한가로운 낮 시간을 채우곤 한다. 갓 움튼 찻잎처럼 탕색이 연한 초록빛인 차들을 바라보고 있다 보면 마치 내가 봄을 마시고 있는 듯하다.

1 백호은침
2 복정 백차(노백차) 07년
3 백모단

① 백호은침

백차 중 대표라 할 수 있는 백호은침. 바늘같이 가늘고 길게 뻗은 모양에 마치 털옷을 입은 듯이 하얀 솜털이 보송보송한 찻잎이 눈길을 끈다. 섬세하고 우아한 풍미의 백호은침은 찻잎을 비벼주는 유념 과정을 거치지 않아 자연 그대로의 순수한 맛을 가장 크게 느낄 수 있는 차로 새싹이 올라오는 봄의 느낌이 잘 드러난다. 백호는 찻잎을 뒤덮은 솜털을 의미하는데, 빛을 받으면 은색으로 보여 영어로는 실버 니들Silver Needle이라고 한다. 푸르른 느낌을 주는 백호은침을 마실 때는 유리로 된 다구 또는 유리잔을 사용해 찻잎을 감상해보길 바란다.

Tea Brewing Guide

4g 찻잎의 양

150ml 80~85°C 물의 양과 온도

20~25sec 우리는 시간 3번 우린 후 10초씩 시간 늘리기

8 우리는 횟수

② 복정 백차(노백차) 07년

백차는 몸의 열을 낮춰주는 효능이 있어 늦봄과 초여름 사이 갑자기 더워지는 날에는 나도 모르게 찾게 된다. 생산한 지 1년 된 백차는 차, 3년짜리 백차는 약, 7년 된 것은 보물이라고 말하는 만큼 백차 역시 숙성시켜 마시는데, 갓 생산한 신차는 싱그럽고 신선한 맛을 뽐내며 묵혀두어 나이가 든 차는 목 넘김이 부드럽고 묵직하게 변한다.

보통의 백차는 찻잎 그대로 살린 산차 형태로 제다하나 2010년부터 베이징에서 찻잎에 압력을 주어 단단하게 압축하는 방식으로 긴압한 백차가 늘어나면서 이를 묵히는 경우가 많아졌다. 흑차와 같이 백차 역시 오래될수록 가치가 오르고 있다.

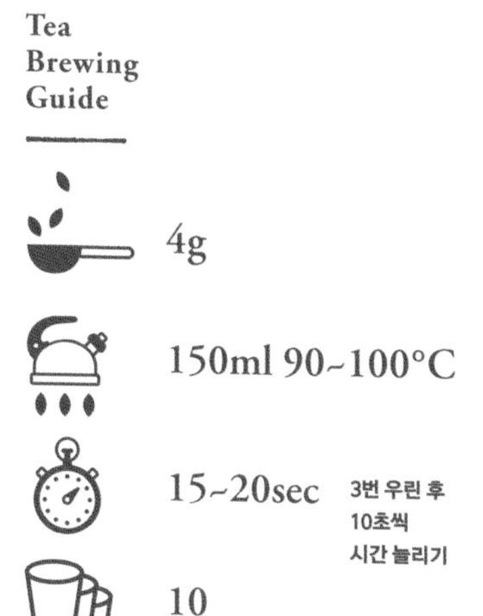

③ 백모단

푸르른 초록색 잎과 함께 있는 하얀 싹이 마치 모란꽃과 같다고 해서 백모단이라고 부른다. 찻잎의 싹을 뜻하는 아(芽)만으로 만든 백호은침과 달리 하나의 싹, 하나의 잎으로 된 1아1엽의 찻잎으로 만든다. 탕색은 살굿빛을 띠며 잎이 커서 시원한 맛이 나는데, 다른 백차들이 단정하면서도 섬세한 맛이라면 백모단은 비교적 맛이 진하며 감칠맛이 많이 느껴진다. 향 역시 더 그윽한 편이다. 해열 작용을 도와주는 차로 알려져 있다.

Tea Brewing Guide

4g

150ml 80~85°C

20~25sec 3번 우린 후 10초씩 시간 늘리기

8

여름

더위를 잘 타지 않는다고 생각했던 나도 점점 더위에 취약해지고 있다. 몸이 더우면 불쾌지수가 올라가고 예민해지기 십상이라서 열을 어서 식히고 싶다는 마음이 커진다. 에어컨 밑에서 차를 따뜻하게 마시는 날도 있지만, 무더운 한여름에는 몸의 열을 식히고, 청량하고 꿀처럼 달콤한 맛을 느끼고 싶어 냉침법 또는 급랭법으로 차를 우려 마시기도 한다.

냉침에는 튼튼하고 예쁜 찻잎을 사용해도 좋으나, 차를 해괴하거나 소분할 때 나오는 부스러진 찻잎을 다시백에 담아 정수 또는 냉수에 우리면 보다 실속 있게 즐길 수 있다. 많은 양을 냉침할 경우에는 찻잎을 다시백이나 인퓨저에 담지 않고 그대로 물에 넣는 편이 좋다. 찻잎을 다시백에 많이 담으면 차가 균일하게 우려지지 않을 수 있기 때문. 마찬가지로 자사호, 개완을 쓸 때에도 다관에 차를 가득 차게 넣는 것보다는 찻잎이 물에서 한 바퀴 돌며 놀 수 있는 공간을 만들어주는 게 균일한 맛을 내기 좋다.

비 오는 날에는 따뜻하게, 때때로 시원하게 즐기기 좋은 여름 차를 소개한다.

4 타이완 아리산 밀향 고산차

5 봉황단총

6 타이완 금훤 청차

7 보이생차 2005년 노반장

④ 타이완 아리산 밀향 고산차

꿀과 같은 단맛과 향을 느낄 수 있는 타이완 아리산 밀향 고산차. 고산지대는 아침과 밤의 기온 차가 크고 운무가 많은 환경으로 찻잎은 카페인이 적으며, 쓴맛이나 떫은맛 없이 청량한 단맛이 난다. 이런 찻잎으로 만든 차라서 쌉쌀한 맛보다는 부드러우면서 달콤한 맛과 향을 지닌다. 이 차는 개완에 우려 따뜻하게 맛과 향을 즐기기도 하지만 여름에는 1L 생수병에 동글동글한 형태의 찻잎을 그대로 넣고, 냉장고에서 하루 정도 냉침해 마시기도 한다(자세한 냉침법은 ☞ 67페이지 참고). 여름에 즐기는 청차 계열의 차는 맛도 중요하지만 향이 풍부하므로 차를 마시는 중간이나 마신 후 잔에 남은 향을 꼭 즐겨보면 좋겠다.

Tea Brewing Guide

5g

150ml 90~100°C

20sec

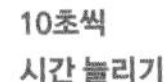

8~10

구형으로 된 찻잎을 깨우기 위해 우리기 전 윤차를 해준다.

⑤ 봉황단총

차의 맛과 향 또는 잎의 형태에 따라 봉황단총의 이름을 정하는데, 그 가짓수는 80종이 넘는다. 그중 우리나라 사람들이 선호하는 것은 10종으로 밀란향, 압시향, 송종향, 계화향, 말리향 등이 있다.

밀란향은 꿀을 뜻하는 밀과 난초를 뜻하는 난으로 이름 지을 만큼 그윽한 향이 나는 난향을 풍기며 달콤한 벌꿀 맛이 느껴진다. 압시향은 압시를 직역하면 오리똥이라는 의미다. 차의 이름 치고는 다소 당황스러울 수 있으나 여기에는 흥미로운 유래가 있다. 처음 이 차나무를 발견한 차농이 사람들이 가지를 함부로 꺾어 갈 것을 염려해 오리똥 향이 나는 차라고 한 것. 이름과 달리 향긋한 꽃 향과 과일 향이 나는 차다. 송종향은 송나라 때 처음 만든 단총인데, 으뜸이라는 뜻의 송종으로 이름 지을 만큼 맛이 좋아 황제가 즐겨 마시는 차였다고 한다. 계화향은 계수나무 꽃 향이 싱그럽고 설탕과 꿀을 끓인 듯한 초당 향이 난다. 말리향은 우리가 재스민이라고 알고 있는 꽃인 말리화의 향이 느껴진다.

봉황단총은 풍성한 향을 원한다면 물의 온도를 높여서 100°C로 짧게 우리고, 차의 질감이나 무게감, 맛과 향을 두루 느끼고 싶다면 한 김 식힌 온도인 90°C 정도가 알맞다.

Tea Brewing Guide

4g

150ml 90~100°C

15~20sec

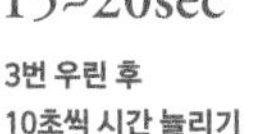

6~8

⑥ 타이완 금훤 청차

아리산에서 채엽해 생산하는 금훤은 건엽 향을 맡을 때에도, 차를 마시는 중간에도, 차를 마시고 난 후에도 우유처럼 고소한 향이 이어지는 것이 특징이다. 고소함 외에 과일이나 꿀처럼 달큼한 맛과 향이 나기도 한다. 나는 금훤이 저녁 식사를 마친 시간대에 가장 많이 생각난다. 더운 여름 저녁 시원하게 씻고 나온 후 꼭 따뜻한 우유를 데워 마시는 것 같아서 어딘가 아늑함이 느껴진다.

Tea Brewing Guide

4g

150ml 90~100°C

15~20sec 3번 우린 후 10초씩 시간 늘리기

6~8

구형으로 된 찻잎을 깨우기 위해 우리기 전 윤차를 해준다.

⑦ 보이생차 2005년 노반장

벌꿀처럼 달콤한 향을 의미하는 밀향이 풍부하게 느껴지는 윈난성 노반장 보이차. 이 지역의 차를 마실 때면 '내가 발효도가 낮은 싱그러운 청차를 마시고 있나?' 하는 의문이 생길 만큼 향에 매료된다. 2005년도에 생산한 차로 나이가 어린 편은 아닌데도 노반장 지역 특유의 난꽃과 난초의 향이 잘 드러나는 것이 특징이다. 찻잎을 소량만 넣어 우려도 잔에 남은 향은 물론 차를 마신 나의 숨에서까지 오래도록 난초의 향이 맴돈다. 차를 다 마신 후 백탕의 따뜻한 물을 먹으면서도 '물이 왜 이렇게 달지?'라는 생각이 들 정도로 잔에 남은 향과 나의 입에 남은 동양적이면서도 싱그럽게 퍼지는 난향이 매력적이다.

보이차를 우리기에 알맞은 온도는 교과서적으로 말하자면 100°C의 끓는 물이다. 그러나 자신이 가지고 있는 보이차의 나이가 어리면 어릴수록, 잎이 여리면 여릴수록 뜨거운 물에 찻잎이 놀라지 않도록 처음 한두 번 우릴 때는 살짝 한 김 식힌 90°C 정도의 물을 사용해서 차를 살살 깨워주고, 세 번째부터 100°C로 올려도 좋다. 어리고 여린 차가 뜨거운 물에 닿으면 쓰거나 떫은맛이 강하게 올라올 수 있기 때문에 물의 온도에 신경 써야 더 맛있게 우려진다.

Tea Brewing Guide

4g

150ml 100°C

15~20sec

3번 우린 후
10초씩 시간 늘리기

10

긴압차 세다하기

가을

사계절 중 가장 온화한 가을이 오면 어쩐지 차분한 마음이 든다. 한편으로는 앞으로 다가올 차가운 계절을 대비하고 싶기도 하다. 초가을에는 덥기도 하지만 점점 선선해져 내가 좋아하는 완연한 가을이 오면 다양한 차를 마시기에 가장 적절한 때가 된다. 이런 계절에는 모든 차를 마셔보길 추천하고 싶지만 그래도 가장 먼저 떠오르는 것은 발효도의 폭이 넓어 맛과 향이 다양한 청차(우롱차)다.

여름에서 가을로 넘어가는 간절기에는 발효도가 조금 높고 탕색이 연한 금귤빛에서 비교적 짙은 주황빛이 나는 차를 마시곤 한다. 또한 가을에서 겨울로 가는 시기에는 보다 진한 탕색을 띠는 차를 종종 찾으므로 발효도를 점점 높여 단맛이 강한 과일의 향 같은 농향의 차를 즐기게 된다. 이 즈음에는 코트를 꺼내 입고 달달한 차와 함께 계절을 만끽하며 겨울을 기다린다.

8 동방미인

9 정산소종

10 타이완 밀향 홍차

11 보이숙차 2007년 맹해차창

동방미인의 엽저를 살펴보면
1아 1~2엽의 어린잎으로
만들었음을 알 수 있다. 차를 마신
후 꼭 찻잎을 펼쳐 감상해보길
바란다.

⑧ 동방미인

처서가 지나고 바람이 선선해져 해가 점점 짧아지는 시기에는 아무래도 발효도가 조금 높은 차를 찾기 시작한다. 대표적인 것이 타이완의 우롱차 중 유기농 차라고 자부하는 동방미인이다. 산화도가 높으면 85%까지도 올라가서 청차 같기도 홍차 같기도 한 매력적인 차다. 이 차를 마신 영국의 엘리자베스 2세 여왕이 부드럽고 우아한 동방의 미인이란 뜻으로 오리엔탈 뷰티Oriental Beauty라고 이름 붙였다고 한다.

앞서 특별히 유기농을 강조한 까닭은 바로 찻잎을 갉아 먹는 소록엽선이라고 부르는 벌레 때문인데 상처가 난 잎이 산화하며 만들어낸 물질로 인해 꿀 향과 과일 향, 꽃 향이 조화를 이루는 차가 된다.

찻잎에 백호가 많은 것이 특징이며 달큼한 꿀과 같은 향으로 사람을 홀리는 차라고 생각한다. 타이완에서는 동방미인을 100°C의 물에서 1분간 우려 첫 번째 차를 진하게 즐기고 두 번째는 100°C에서 40초 정도만 우려 여운을 만끽한 후 더 이상 마시지 않는다. 우리나라의 경우 차를 균일하게 여러 번 우려 먹는 것을 선호한다.

Tea Brewing Guide

5g

150ml 90~100°C

20~30sec
3번 우린 후
10초씩 시간 늘리기

5~6

⑨ 정산소종

중국 푸젠성 우이산 지역에서 만든 세계 최초의 홍차 중 하나로 랍상소우총이라고도 한다. 정산소종은 소나무를 태운 연기로 찻잎을 훈연해 말리기 때문에 훈연 향과 송연 향이 독특하며 묵직한데, 차를 우리면 어두운 주황색의 탕색을 띤다. 초콜릿 또는 복숭아의 달달한 맛과 향을 느낄 수 있는 것이 특징이다. 물론 차의 농후한 단맛뿐만 아니라 잔에 오래 남는 잔향의 여운을 즐기기에도 매우 좋은 차다. 코트를 입는 깊은 가을에 가장 생각나며 오두막에 앉아 편안한 복장으로 포근히 차를 즐기는 것 같은 맛과 향이 느껴진다.

Tea Brewing Guide

4g

150ml 95~100°C

20sec 3번 우린 후 10초씩 시간 늘리기

6

⑩ 타이완 밀향 홍차

동방미인을 만드는 찻잎으로 홍차를 만든다고 생각하면 벌써부터 달큼한 향과 맛에 침이 고인다. 진득한 밀향은 차분하게 밑으로 가라앉는 느낌을 주고 길쭉하게 뻗은 시원한 건엽은 어서 잎의 향을 맡고 싶게 하는 힘을 지닌 것 같다. 몸에 열감을 가져오므로 간절기에 마시면 더 좋다. 찻잎을 갉아 먹는 소록엽선, 부진자라고도 부르는 벌레로 인해 찻잎이 끈적한 단맛이 나는데, 이 유기농 차는 꿀을 넣지 않아도 달달하며 농후하고 묵직하다. 차를 마시면 목 넘김이 실크처럼 부드러우므로 가을에서 겨울로 가는 시기에 잘 어울리는 차로 추천한다.

⑪ 보이숙차 2007년 맹해차창

업무를 보거나 공부를 하며 물처럼 마실 수 있는 기호차를 찾는다면 카페인 부담이 적은 보이숙차는 어떨까. 병차 형태의 차를 많이 만드는 맹해차창의 보이숙차로 탕색이 맑고 입 안에 고이는 단맛인 회감이 있다. 처음에는 탕색이 진하지 않아 밝고 맑은 와인빛을 띠지만, 해가 지날수록 진해져 검붉은 흑색까지도 될 수 있다. 차는 목 넘김이 부드럽고 편해서 누구나 호불호 없이 마실 수 있으므로 차생활을 시작하는 사람에게도 많이 추천한다.

이 차를 마시면 따뜻한 기운이 감도는데, 특히 손끝과 발끝에 열감이 생겨 자주 체하거나 소화가 안 될 때, 속을 편안하게 다스리고자 할 때 도움이 된다. 마음을 차분히 가라앉히는 테아닌 성분 역시 풍부해 스트레스로 인한 불면증이 있다면 저녁에 마시는 것도 좋다.

Tea Brewing Guide

4g

150ml 100°C

10~15sec 3번 우린 후 10초씩

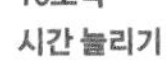
시간 늘리기

10

긴압차 세다하기

겨울

쌀쌀하고 밤이 길어지는 겨울에는 마음까지 따뜻하게 감싸주는 차를 마시며 어둑한 기운을 떨쳐낸다. 추운 겨울이면 물이 보글보글 끓어오르는 모습이 보고 싶어 높은 온도의 물에서 우리는 차를 고르곤 한다. 이렇게 수증기가 피어나는 순간마저 따스한 기운을 주는 겨울에는 탕색이 어두운 계열의 차를 곧잘 마신다.

물론 겨울이라고 해서 항상 진한 차를 찾는 것은 아니지만, 나는 다실 또는 집에서 대개 여러 종류의 보이차를 우리는 시간을 즐기며 마시곤 한다. 손과 발이 꽁꽁 얼어붙는 찬 겨울에는 열감이 느껴지는 따뜻한 보이차를 텀블러에 담아 가지고 다니며 마셔보길 권한다. 나는 추운 겨울 필수품으로 핫팩보다 더 빠르고 오래 온몸에 따스한 기운을 주는 보이차를 꼽는다.

12 무이암차 대홍포

13 신회 특급 진피

14 보이생차(노차) 1990년대 홍인

15 보이숙차 1980년대 하관타차

⑫ 무이암차 대홍포

중국 푸젠성 무이산은 암산으로 바위와 절벽이 많다. 바위와 바위 사이에서 자라는 차나무의 잎을 채엽해 만드는 무이암차는 암운이 있으며 진한 대홍포의 맛과 향이 차를 마시고 난 후에도 길게 남는다. 황제가 붉은 홍포를 하사했다고 해서 이름 지은 대홍포는 비가 오거나 눈이 오는 날 또는 쌀쌀한 날씨에 마시면 잘 어울린다. 대홍포 중에서도 무이암차의 아버지 진덕화 선생님의 순종대홍포가 초록빛이 강한 찻잎이라고 한다면 겨울철 찾게 되는 대홍포는 조금 더 어둡고 목 넘김이 묵직한 농향 계열이다.

⑬ 신회 특급 진피

'천년인삼 백년진피' 즉 100년 된 진피는 1000년 묵은 삼과 비견할 수 있다는 말이 있을 만큼 오래 묵은 진피의 가치는 높다. 하나의 청귤 껍질을 3등분해서 말려 쓰는 대용차로 비타민 C가 풍부해 카페인 걱정 없이 감기와 발한을 다스리는 데 효과가 있으며 특히 기관지가 건조할 때 마시면 좋다고 알려져 있다.

진피만 끓여 마셔도 좋고, 보이숙차나 노차 혹은 노백차에 넣어 함께 우려 마시면 향과 맛을 다채롭게 즐길 수 있다.

진피차 우림법

진피의 양	**한 번 우릴 때 1.5~2g이면 되는데, 저울이 없을 경우 엄지손가락 두 마디 정도 크기로 뜯어 넣어서 우리면 비슷한 양이다.**
물의 양과 온도	**물 1L를 담은 주전자에 1.5~2g의 진피를 넣고 끓자마자 불을 끈 뒤 마신다. 물을 추가해 끓이면 원하는 만큼 계속 마실 수 있다.**

⑭ 보이생차(노차) 1990년대 홍인

보이차 생차는 시간이 지날수록 탕색이 붉어지고 쓰고 떫은 맛은 부드럽게 변하며 묵직한 보디감이 느껴진다. 게다가 부드러운 질감으로 목 넘김이 가장 편한 차이기도 하다. 오랫동안 차생활을 이어오고 있는 차 애호가 손님들은 겨울이 되면 노차를 찾곤 한다. 보이차는 나이가 많을수록 향이 떨어질 수 있다고 생각하는데 1990년대 홍인은 오래 후발효된 차임에도 불구하고 본연의 꽃 향과 열감이 뛰어나고, 회감이 좋아 입 안에 단침이 고이며 여운이 길다. 추운 계절에 몸에 따스한 기운을 불어넣어 주어 혈액순환에도 도움을 주므로 나를 위한 찻자리를 가질 때 가장 많이 생각나는 차다.

Tea Brewing Guide

6~7g

150ml 100°C

15~20sec 3번 우린 후 10초씩 시간 늘리기

10~

긴압차 세다하기

⑮ 보이숙차 1980년대 하관타차

생차의 후발효 시간을 줄이기 위해 물리적인 기법인 악퇴 공정으로 쾌속 발효를 시켜 생차가 20년 정도 묵은 것과 같은 맛과 향이 나는 보이숙차. 1980년대 하관차창에서 생산한 보이숙차는 으슬으슬 감기 기운이 있거나 묵직한 목 넘김을 느끼고자 할 때 찾게 된다. 40여 년의 세월이 흐른 숙차는 붉은 탕색이 와인을 연상케 할 정도로 진하며, 대추의 맛처럼 차의 끝맛에서 오는 달콤함이 한번 빠지면 헤어나지 못할 정도로 매력적이다. 특유의 부드럽고 뭉글뭉글 넘어가는 질감이 이 차의 가장 큰 장점으로 숙차 역시 시간이 흐를수록 후발효가 되는지라 이 차를 마실 때면 1960년대 생산해 묵혀둔 보이생차인가 싶은 착각이 들기도 한다.

Tea Brewing Guide

6g

150ml 100°C

20sec 3번 우린 후 10초씩 시간 늘리기

8~

긴압차 세다하기

시간을 마시는 보이차

초판 1쇄 인쇄 2023년 10월 9일
초판 1쇄 발행 2023년 10월 23일

지은이 주은재
발행인 윤호권
사업총괄 정유한
책임 편집 신미경
디자인 시호워크
사진 목정욱
마케팅 윤주환

발행처 (주)시공사
주소 서울특별시 성동구 상원1길 22, 7~8층 (우편번호 04779)
대표전화 (02) 3486-6828
팩스(주문) (02) 598-4245
홈페이지 www.sigongsa.com / www.casa.co.kr
SNS @casaliving

ISBN 979-11-7125-212-1 03810